品茶问学

邱　东　著

中国财政经济出版社

图书在版编目（CIP）数据

品茶问学／邱东著．—北京：中国财政经济出版社，2014.5
ISBN 978-7-5095-5408-1

Ⅰ．①品…　Ⅱ．①邱…　Ⅲ．①随笔-作品集-中国-当代　Ⅳ．①I267.1

中国版本图书馆CIP数据核字（2014）第095932号

责任编辑：王芝文　　责任校对：王　英
封面设计：陈　瑶　　版式设计：陈　瑶

中国财政经济出版社出版

URL：http：//www.cfeph.cn
E-mail：cfeph@cfeph.cn

社址：北京市海淀区阜成路甲28号　邮政编码：100142
营销中心电话：88190406　北京财经书店电话：64033436　84041336
涿州市新华印刷有限公司印刷　各地新华书店经销
787×1092毫米　16开　18.5印张　197 000字
2014年5月第1版　2014年5月北京第1次印刷
定价：39.00元
ISBN 978-7-5095-5408-1/F·4375
（图书出现印装问题，本社负责调换）
打击盗版举报热线：010-88190492、QQ：634579818

序

魏文帝说："文章乃经国之大业，不朽之盛事。"后人就每以此夸示为文之功。其实文章也真没有如此大力、如此美誉的。那不过是别人高看了文人，也是文人高看了自己。为文也不过如穿衣吃饭的样子，若从实用的角度说，作文章就是辛苦为生计；若从审美的角度说，作文章就是制作以消遣。只是这样，也就是做文章，现在及过去，这样的文章多的是，不过是"不看后悔一辈子，看了一辈子后悔"的东西。所以，文章里还得有点东西让人看了记得住而且不后悔，那就是，文章总要有个魂灵，能不能称为"经国之大业"先不说，至少能成一家之言。

无论是上面说的为了生计，还是为了消遣，写文章总要有写的能力。会写是一种能力，写好则不止是能力问题。会写，得技耳；写好，得道也。写好才能立言，得道者才可立言，道不可教亦不可学，亦更难说。道，有时候就在"言"里。

邱先生的文集已经出了几本，一本比一本精致。他真是一个有锐感的人，无处无物不有他的作文题，就像西湖荡舟，以莲叶随处掬起湖水，就摇荡出珠玉晶莹。

他的文章就是他的发言，触动他发言的，在吾人看来好像就是些寻常事，可是别人怎么就无动于衷呢？除了如王静安先生说的"天下清景皆为诗人设"，常人看了也就是看了，诗人看了还能写出来；我还在其中看到了作者的孤独，因为很少人像他那样看、那样写，而且写得那么一发不可收拾。世人大都醉眼朦胧的时候看世事就总疏于细节，醒着的人就总显得“小题大做”、“没事找事”，可当人看了他的发言，却觉得这“大作”的还真不一定是“小题”；那“找”的“事”，还真不一定是个“小事”。这“孤独”出来的“言”，还真有些“警世”、“醒世”和“喻世”的道理在。

由是言之，正视并接受孤独或亦可称为一种能力。孤独是脱离群体的产物，实际上有一种外在压抑感与对外界的抵触情绪。所以，孤独者非麻木者，孤独亦利于冥想，并在冥想中产生创造冲动。

善想象者，常能将冥想所产生的创作冲动形之于言、发为文章，则善想象为写家当然须具备之能力。苏格兰哲学家杜格尔德·斯特华特说：“想象的才能是人类活动最伟大的源泉，也是人类进步的主要动力，……毁坏了这种才能，人类将停滞在野蛮的状态中。”邱先生的文章，在在可见想象的助力，可见其为文之源泉。

余师尝教余作“放胆文”（南宋谢枋得《文章轨范》将所选文章分为“小心文”和“放胆文”），有以也：放胆则无所顾忌，则能专注，则能游戏。游戏则可不受经验的与范围的限制。席勒尝言：“只有当人充分是人的时候他才游戏，只有当人游戏的时候他才是完全的人。”非作艺文为游戏也，即作科学研究亦是游戏，康德认为科学“实际上就是游戏。这是一种严肃的游戏。拿大自然的事实做游戏，与其他一切游戏不同的是，这种游戏乐趣无穷”。（引自

《康德思想今论》，载《哲学译丛》1981年第5期）。人或以为衙门里的公干之文不得游戏。然纯熟之刀笔吏，亦以之为游戏，游刃有余，其有立断公案，倚马而书，不易一字者。实际上已超越实用与求功的束缚而得到自由。无意于佳乃佳也，正襟危坐地对待写作（不论何种门类的写作），是不自知亦不知对象也！读邱先生文集，你可见他发言之大胆，亦可见其游戏之无碍。那种没有束缚的感觉让你读着很和畅，那种大胆与直率让人有一种天鉴我心之感。

写作者不学不可，只学不忘亦不可。“忘”即不为物累。《庄子·大宗师》谓：“夫真者，不假于物而自然也。”俄人车尔尼雪夫斯基亦尝云：“每一个有才能的人假使能够不受外来不相干的想象所约束，而完全沉浸在天性里，他就会挣得许多东西。”（《车尔尼雪夫斯基论文学》（中卷）第231页）故写作者当学孩子，孩子善游戏，孩子最真，因为他们通常完全沉浸在天性里。李卓吾尝慨叹人之渐大，则渐失“赤子之心”。然而成人则可从孩子处受到人之为人的启发。孩子固常学大人，大人亦未尝不可学孩子。爱尔兰小说家卡莱（Joyce Cary）尝言：“孩子们之所以能带给我们大量的精神上的快乐，全在于这种把世界看成新事物的能力。凭着这种能力，使我们重感世界的新鲜与趣味。只可惜一般人一旦开始受教育，便把这种原始的感受力和表现力失掉。”此叹与李卓吾同！邱先生虽然也有为官作宰的若干年经历，但与他有些深度交往的人就总会觉得他的内心纯净如垂髫之童。他是一个很有成就的学者，但还是对外部世界充满着好奇，对万物之变化、节候之推移、人世之运作，都有着探究之渴望。所以在他的文集里，连老生常谈亦写得如万物之初。

邱先生文集里有很多研究性的散论，也有些论学术的文章。盖欲作研究，则必先倡无神，无权威之论。一切的神皆人所造，神之能作威福的一切本领是人赋予的。舒芜说："人类在现实中痛感不便有的便幻想中安到神灵身上去。"其实神的发达，乃人的没落。神的发达与宗教的发达绝非一事！造神愈多，愈说明着人的缺乏自信心。考之先人对神灵的态度概言之：一为祈福，二为避祸。而余以为避祸当在第一位。先世国人（特别是知识分子）活在世上的"如履薄冰"之感甚重，因此造神者多为知识分子无疑！

鲁迅尝言《封神传》不过以三教为神，以别教为魔罢了。研究者亦常以此种态度对待纷繁之世界，先行划分，则取其中之一以为"神"，断不可侮；其他则为"魔"，断不可亲。其实神魔本难分得详细的。如《封神》中神原本就是魔，魔后来亦成神。揆之元始天尊或亦有魔性在。

学术界不应有神，有神的学术研究是无道之研究。清季丁耀亢在《太上感应篇阴阳无字解》的序中说："天下有道，听治于人；天下无道，听信于神。"学术界有争霸现象，先树大纛。后则缮甲兵，具卒乘，各据一方，自命为神。或亦无道也夫！

研究中的求同与求异本无高下之分的。但有时我们看似相同的，实则不同。比如层次不同，角度不同，虽说着同样的话，其实质已不同。求同者常受欺于此种相同，以为别人也这样，我又何必变？孰不知别人的“这样”已非我的“这样”。研究者要有自我，受别人欢迎，是别人，不是自己。研究者宜做好不受欢迎的准备，这是研究者必须的准备，这是研究者必须的勇气。读邱先生文集中论学术的文字，我颇以为他是学术中人，也是能跳出来看清学术研究之本质的人，更是能辨识学术之真伪、研究学术之雅俗的人。

要之，天下之文章若能称作“好”，那一个是真心，一个是独见，邱先生的文章亦好在这两处，自然也有其他的好，言之太多，徒劳辞费，未若读者诸君自己去体味得好。

王强

写于散静居

2013 年 12 月 8 日

目录

小大由之

道听途说

门外哲思

茶中问学

官民两议

小大由之

嚎啕假哭

讲两件小事。

一件事是在2011年，我在丹麦的一次宴会上，恰好与丹麦外交部一位高级职员同席。说是职员，这位女士负责的事物比我们的副外长还多。不过一见面她就告诉我，她是职业外交家，职位不随政党更换。人家主动去掉了高官接见的味道，我更得尊重她崇尚专业的精神，于是相谈颇健。话题扯到知识产权保护，她直言问我，中国社会的中上层是不是对偷窃专利技术也不大在意，甚至有所鼓励纵容？

按西方的传统，这样的问话是很不礼貌的，而且她的这个问题直接把我和我的同胞统统都归类于寡廉少耻之徒。但从她的神情上看，又不是故意的挑衅，而是快人快语，一顺嘴就暴露出她在这个问题上对中国人的坏印象。我所能做的，自然是“非全称否定”。但我还是觉得被人狠狠扇了个耳光。

为什么这位职业外交官对中国人的印象这样差呢？为什么我没有理直气壮地否定，而几乎是忍受了这一询问式指责呢？

另一件事发生在2012年夏天。一天晚上，我回家进了楼门，见大厅里一个小孩儿躺在墙边的沙发上，年轻的爸爸守在旁边候着。司空见惯，我径直朝电梯间走去。

耳边掠过一句轻轻的威胁：这么晚了你还不回家，那我自己上楼啦！随着话音那父亲也走进了电梯间。即刻大厅里响起那孩子“嗷”地一声大哭，撕心裂肺的，惊得我发愣，如今孩子气性怎么这么大？孩子都惯成这个样子了么？或许被哭声揪住了心，做爸爸的返身回到大厅。更令我大惊失色的是，孩子居然立时爆发出一顿大笑。压根儿不是什么破涕为笑，在这哭和笑之间，一丁点的过渡都没有。如果那孩子原先是真哭，那么父亲回到身边，起码还得咽下几声，忍不住地抽泣吧？没有，丝毫都没有。

在我看来，这是假哭。假哭倒不稀奇，舞台上电影里的那些眼泪，因为具有的表演性质，虽为假哭，也被视之为真，为人们所理解所接受。现实生活中的假哭，也屡见不鲜，男男女女，出于生活中“演戏”的需要，或者仅仅要弄出个玩笑，也会把眼泪当作“子弹”发射一下。但出在一个不过两岁的孩子身上，瞬间爆发出来的假哭且又如此撕心裂肺，这就不能不刮目相看了。

小孩子的美好，就在于纯真自然。是孟子所赞美的那种“赤子之心”。是孔子所感动的婴儿，“其视精，其心正，其行端。”而哭，与生俱来，原本是人类感情的基本倾诉。哭，也更是小孩子的特权；嚎啕大哭，似乎也只配给小孩子——在这一行为中，给我们看到的是“率性”。率性，这里的“性”是天性，是人的自然禀性，喜怒哀乐，没一丝一毫的遮拦虚假。这种率性，这种顺着本性做事，只有在小孩子身上才发生得那么彻底，那么真实，也那么动人心弦。随着自我意识的逐渐增强，人才学会了把哭掩饰起来，且越来越羞于在人前落泪。人在用文明武装自己的同时，自然本性也遭到了不少的遗弃。

那么这个小孩子是怎么了，是他过早失了本性么？还是自来本性如此？前思后想，我都找不到切实的答案。

但却有种透心的凉袭击了我。更有一种无力感，叫我说不出话来。

我想到了我们这个造假泛滥的社会。太多早已被炒得沸沸扬扬的造假，从吃到穿到住到行到用，真的无法、也不必一一列举。中国统计界有句名言，领导越重视的数字，越容易出假。社会上的种种造假，其后面往往紧逼着巨大或足够强大的利益。有其因，故有其果。也正因为如此，就容易找到病因，利益链条有迹可循，打假再难也可以有所作为。

可是假哭呢？我找不到病因，却被试想的结果惊出冷汗。

假酒我们可以不喝，假药我们可以不吃，假 LV 我们可以不背，假数字我们可以不用。总之，所有物质上的可见的假，仅蒙得了我们一时，蒙不了我们一世，我们迟早会获得防范的办法的。那么假哭呢？所谓假，词典里的解释，就是不真实的，不是本来的。小孩子的假哭呢？那就是小孩子的偏离本来违背真实，而且是以泪水——这一最能打动我们内心的方式来实现。对此，我们怎样才能辨别，对于他们的眼泪，他们的情感，我们是信，还是不信？信，我们难免上当；不信，后果更可怕，因为一旦我们怀疑的目光落在他们身上，我们在不信赖的同时，也失去了信赖。另一层深刻的危机是，我们将怎样相信这世上的最纯真无邪？我们又将如何向他们伸出自己怜惜的双手？

这种现实的纠结的确叫人进退两难。

这些危机，其实最主要还是来自我们这个成人社会。也就是说，我们给孩子们一个怎样的生长环境。在我的内心深处，一直是相信天地之化育的。我们很早就在教科书上学过：橘生淮南则为橘，生于淮北则为枳。为什么橘不成橘而成枳呢？古人告诉我们："水土异也。"是水土的化育成就或改变了物种。要给孩子们一份怎样的水土，的确是应该引起我们深思的一个问题。造假的风气四处弥漫，自幼生活在这样的一个现实世界里，能够健康成长且不失其本性么？我看是很难。风气能够转移人的表里，进入人的内在心性，久而久之，我怕的是这"假"最终成为了一个人的基因，就像一个失去其甜味的枳，永失真味。如果我们整个中华民族体内生长着这样的一种基因，那么该怎么办呢？我们的希望又在哪里？什么都假，事事都假，假到真假难辨，那就是"假到真时"了。所以，我们可以做的，能够做的，就是建设良好的文明，良好的文明社会，这才是当务之急。这样做的目的，还是借用鲁迅的那句老话："救救孩子"。

救救孩子，也是救我们自己。

再回到开篇我讲到的第一件小事。丹麦女外交官的一句问话，使我有如被扇了一记耳光。谁都知道，我们中国人是最讲面子的。据传，连美国前国务卿赖斯都宣称，只要给足了中国人面子，你叫他们做什么都行。

经历了嚎啕假哭，我想到，如果有一天，造假完完全全承继到了我们的基因里，到那时，恐怕世界上任谁都可以随便来扇我们大耳光了，我们连一点面子都讲不起了。

股市中的两种“自以为是”

我对股市有一种解读，即入市炒股者及其结局有如下一种分布：极少数精明者赚大钱，多数精明者赔大钱，少数资质平平者捞小钱，多数资质平平者赔小钱。

和谐社会讲究双赢，最好多赢。可对炒股者来说，这股市倒是典型的“零和游戏”：有赔有赚，我赚即为你赔，唯有如此，股市才可持续发展。多数人给少数人埋单，众人拾柴火焰高，梦想成为富翁的人虔诚地为他人成为富翁而掏腰包，无怨无悔，日复一日，慷慨解囊。包赚不赔的，只有庄家——开设股市者。

按说，在股市里赔钱是很残酷的，坐了过山车大起大落惊心动魄死去活来，一轮行情下来血本无归欲哭无泪神情恍惚，都是常有的事儿。本来股市大门四开，并不强迫路人进去，也不堵门封道，一副姜太公钓鱼愿者上钩的架势，为什么牺牲者还络绎不绝前赴后继呢？

多数分析把它归结为人性的贪婪，当然是挖出了最要紧的根子。不过此说还不完全，难道不炒股的人就不贪婪么？可见光是贪婪还并不够。还会有什么其他原因呢？我以为，这也与下面要提起的两种“自以为是”有关——两个“心知肚明”，加上两个“但是”。

谁都“心知肚明”，世人多为凡人，“但是”我恐怕不在其列，咋也高人一头啊。别的本事不好说，赚点钱还是小 case 啦。再者说，那么多笨伯都进场扑腾去了，天塌了有大个，地陷了还有矬子呢，我又怕个啥？

谁都“心知肚明”，即便人再精明，股市里也是赔钱的机会大大多于赚钱的机会。狸猫变太子，平民成富豪，那根本就是小概率事件。“但是”与我何干——我的机会就是赚钱，而且简直就是赚大钱。关老爷的宠儿，财神爷的小舅子，财星高照，舍我其谁！

思路思路，有什么思便有什么路。

于是，即使赔点小钱也不要紧，无非先交点学费罢了，舍不得孩子套不到狼嘛。

于是，即使一直赔也不要紧，那是考验咱的耐力呢，总有云开日出的时候，最后胜利往往就在这“再坚持一下”的努力之中。

于是，即使赚到钱也不能轻易放手，众人等千年，我得这一回，哪能对不起那超炫的良辰美景？就算赚钱讲究落袋为安，也得凑个整再说。机会那匹马肯定为我慢慢走，只要慢一小步，就是我的一大步。

于是，“心知肚明”被紧跟着的“但是”虚化了，前一个“但是”表达了对主观能力的“自以为是”，那后一个“但是”呢，则显示了对客观命运的“自以为是”。

这是两种以“但是”方式出现的“自以为是”，都有它的道理，也都有验证它的时候。只是这个“有”实在罕见，且不确定性太强了。

事后总结，或者旁观者清，炒股的结果与炒股者的能力其实是不成正比的。资质平平者也能赚到钱，被公认的精明者也会赔钱，而且一赔就是赔大钱。

不过，不少赚钱者往往愿意把功劳记在自己头上，而不少赔钱者则倾向将之归因于不可抗力。当然也有自命不凡者的“窃以为”：好多人赚钱不过是狗屎运，搭了我等贵人的便车，而其赔钱往往是愚不可及，简直就没有跟我等“大户”一起炒股的资格。

闹了半天，贪婪为动力，两种“自以为是”作支撑，才成就了股市跌宕起伏的连台好戏。

“父在母先亡”

中国看相、算命的至今不绝于途，尤其是在旅游景区，时不时就能碰到。既然有以此为业者，那就说明不少人还有此需求，双方足以形成一个消费市场。

也不能说接受看相、算命的人都迷信，心动的路人即使打算“求一卦”，也还是要先试验一下看相先生的法力，算命也得有个预热的过程。

在“求卦者”看来，你先得能说明白我的过去，否则我咋能相信你对我未来的断言？而在算命先生来说，必得对其过去有一个正确的说法，否则生意就泡汤了。的确是万事开头难，这信息博弈的第一战至关重要。

不少算命先生事先还是做过功课的，“父在母先亡”就是其利器之一。如果要他发牌，这很可能会是他奉送给你的第一个断言。如果他摇头晃脑一字一顿地把这五个字哼出来（注：此处节奏很重要！），你多半会目瞪口呆，简直太神了！

是啊，如果你父母双亡，不管谁先去世，算命者都是对的：或者其时“父在，母先亡”；或者“父在母先亡”。如果你父母有一个去世了，那也多半是这两种情况：或者“父在，母先亡”；或者“父在母先亡”。即使你父母都健在，那将来肯定还可以用这两种情况去解说。

问题是，求卦者并没有想到上面这六种情况，事先不会去想，临事也来不及去想。听到这五个字，他只是拿自己的个例去对应，如果父亲先于母亲去世，他就会把五个字连在一起受用。如果反过来，他就会在中间添一个逗号，替算命先生断句。经过求卦者一方的“互动型解读”，两方面共谋完成了对算命者资质的考核，结果较为理想。显然，这是心理学、行为学中的有选择性注意。

如果求卦者父母都还在，他莽撞地追问将来究竟如何，算命者只消回以“天机不可泄露”，蛮可以把对方嘴堵上，至少不至于失算。

只用五个字，就可以应对六种可能的情况，还不够神吗？一般人能做到两头堵，就已经很了不起，蛮可以潇洒地浪迹一世。这可是“六头堵”，基本上就是概莫能外的断言，如此神明，还不得请他好好给算一算吗？

不过这断言也还可能有漏洞，如果求卦者父母恰好同时去世，算命先生就演砸了。然而现实中这种可能性毕竟很少发生，所以算命先生的底气还是相当足的，即便偶尔失算，于生意并无大碍。

生命有存亡，性别有男女，时间有先后，三个因素，两种状态，八种可能性。算命者居然能言中其六，剩下的两种（还有一种是将来父母同时去世）发生的可能性又特别小，这一“算计”中还是藏着科学“计算”的，故其有效性空间很大，不由人不信服，不由常人不入其道。

至于下一步的断言如何，那就得求卦者自己去感觉和判断了。无论如何，钞票必须虔诚地奉上，人家可是靠本事吃饭的噢。

"劳您驾"：最恭敬的招呼

在街头，特别是在北京街头，你或许会听到身后的招呼："劳您驾"。你通常会侧身把道让开，但可能并不在意或深究其中的含义。不以为意，那是因为现如今交通发达了，各种车辆司空见惯，"驾"字也成了生活中的常用语，像驾驶、驾照、代驾什么的，平平常常，不会让你心动。

然而究其本源，"劳您驾"该是最恭敬的招呼。素不相识的，那等于是称您为皇上呢，可别不当回事儿，因为"驾"字的出身至为尊贵。

估计在古代车太稀罕了，一开始恐怕只有皇上才配享用。于是，"驾"字也就特高贵，它专指帝王的车，也指帝王本人。如驾到、护驾、驾崩（帝王死去）等。由"驾"字的这个含义，又衍生出一些与帝皇有关的专用名词，比如，"驾士"是导引皇帝坐车的人。再比如，"法驾"指天子车驾的一种。还有"移驾"，即移动大驾，谓帝王出行。

"大驾"这个词儿现在常挂在百姓嘴边，原来也是有特定含义的。起先，皇帝出行时仪仗队之规模最大者为大驾，在法驾、"小驾"

之上。引申开来，它泛指天子的车驾，《东周列国志》中就有“秦王大驾亲临”之说。由物及人，“大驾”又成了皇帝的代称。《晋书·嵇绍传》说到：“大驾亲征，以正伐逆，理必有征无战。”你看，大驾一动，不战而胜，仗都不用打了，神吧？

虽然集权专制对平民的禁锢相当严厉，但社会进步还是按历史的轨迹前行。慢慢地，车辆的使用范围自上而下扩展，“驾”字的含义也跟着平民化，不再专属帝皇。普通人在称呼上也可以享受皇上的待遇，“驾”逐渐演变成了对他人的尊称，从皇宫里借来用作敬词——劳驾，我猜想该是“劳您移驾”的意思。明朝冯梦龙的《东周列国志》第七十三回里，就有人非常客气：“某闾巷小民，有何德能，敢烦大驾。”

一声“劳您驾”，用极恭敬的称呼换来陌生人的让路，正合了中国人“退一步海阔天空”的意思。敬者口惠而实不至，并不损失什么物质财富。把挡道的人尊同权贵，也只是一走一过的事儿，没啥后遗症。“劳您驾”让听者受用，没有道理不让。大礼的结果自然错不了，借过者顺利借到了这“过”。

就这么一件借过和让路的小事情，无中能生出有来，可见中国人的权贵思想是沁在骨子里的。国人生活中的林林总总，都能透视出两千多年集权专制的烙印。

记得20世纪60年代中期，领导人批判大陆文艺界：十七年的舞台都被帝王将相统治了。看看如今的屏幕，这种统治不是更为严重么？皇上、太后、妃子、宰相，不都是成堆地出来？为什么帝王戏热播？还是有这种文化土壤。不只是作家愿意写、导演愿意拍、演员愿意演，更是广大群众喜欢看，他们很有欣赏帝王的精神需求。

历史虽然漫长，帝王将相总还是少数，但内心向往的却大有人在。现实中美梦难以成真，就在戏剧中意淫。这是一个悠久的心理传统，在市场经济条件下又被发扬光大。文化产业界正是抓住了这个商机，迎合民众的潜意识，才造成屏幕一开即帝王临朝的局面。人们在饭后茶余得以过过帝王瘾，吃不到猪肉，看看猪跑，也算凑合。

当然决不光是意淫，为数不少的官员充分利用职权之便，亲自出演现实版的帝王角色。某省一厅长，挂上了副省级别，大概能有五品的顶戴花翎？曾语重心长地对手下的处长说："你可是老臣啊。"上下垂爱之情，溢于言表。还有某高校一副校长，对一位比他年龄大出许多的学者处长，居然一口一个"爱卿"。虽说是模仿剧中人的口吻，不过潜意识里以皇帝自居却昭然若揭。

正是这种权贵本位的土壤，使得官场的"阶级斗争"异常复杂。不少人把官场的晋升博弈看成你死我活的零和游戏，把"我活"的前提设为"你死"。也是这种让权贵生生不息的土壤，让许多百姓无奈地认同了现实的残酷，他们不再幻想平等。"人人生而平等"不过是天国的梦呓，"人人生而分等"才着调，如果有个青天大老爷驾临，那就烧高香了。

好在进入二十一世纪又是十多年了，民主进步多少还是有的。权贵照旧是惹不起，至少有的事情躲得起了。遇到不顺的事儿，你总算有了侧身的余地，这便好过了曾经的躲不起。

有屁必须放

那是在1976年初，“放屁”成了中国人嘴头的高频词。当时中国寻常百姓家还没有电视，上面什么重要指示，主要靠电台广播传达。一天接公社通知，晚间有重要新闻。到八点钟提溜着耳朵一听，原来是发表毛主席的两首词，其中一首《念奴娇·鸟儿问答》让人印象特别深刻，因为最后两句是：“不须放屁，试看天地翻覆。”

“反修”背景，革命不是请客吃饭，不能那样雅致，十八般武艺都可以用，“屁”字也就可以入诗了。尽管当时实行的是无产阶级专政，还是有人悄悄地不以为然，须知这是作诗啊！

我听了这诗很是兴奋，不过另有缘由。“文化大革命”初期传单流行时，我曾得一册毛主席诗词的油印本，全是没有公开发表的，其中就有这首《鸟儿问答》。其时如获至宝，恭恭敬敬工工整整地抄录在一个大笔记本上，插队时也带到了“青年点”（东北对“知识青年”定居点的叫法）。广播听到一半，我就从箱子里把手抄本拿出来对照，还真就一字不差。

我那手抄本也私自在青年点“发表”过，别的词看着都好认账，就是这句“不须放屁”让人起疑。伟大领袖怎么会写出这样的句子？不挨边儿。还有人恶作剧，说我污蔑伟人，攻击红司令，这在当时可是大罪名。这回有了中央人民广播电台的声音，我的冤枉也就得以昭雪，而且能早早地知晓领袖的话语，虚荣心还大大地满足了一把。

《鸟儿问答》发表过后好长时间，生产队里谁要是想堵旁人嘴，就引用伟大领袖的这四字金言，铿锵有力，跟中央的播音员一个腔调。

有点年纪的人都知道，我这小文的标题就是从那句词中改变过来的，同是放屁，“不须”却成了“必须”，想讲另外一层意思。

让我从“高音哆”的故事开始。话说我国一位指挥，名气很大，就是因为年轻时有过一次特别的见习经历。二十世纪五十年代，一个东欧国家的军乐团访华，排练时洋指挥想试试中国音乐人的水准，便让这位中国指挥上阵，见习见习。有道是初生牛犊不怕虎，这位年轻人还真就把那么大的乐团给调度得有声有色。正当乐曲嘹亮之时，见习指挥突然把手往下一劈，厉声喝道，“停！”众演奏员不知所以，中国指挥神情严肃地喝问：“为什么在低音部出现了一个高音哆？”众人无语，洋指挥站了起来，让团员回答提问，显然，他也听出了这个高音哆。此时，一位女大提琴手无奈地站了起来：对不起，声音是我的身体里发出来的。既然不是演奏问题，排练继续进行。然而洋指挥对我们这位见习指挥刮目相看，能在军乐齐鸣时听出杂音，耳力果然不凡。事后，中国同事便送这位见习指挥一个雅号——“高音哆”。

我想，那位女大提琴手肯定是特别自律的，恐怕也正是因为自律，屡禁不能止，最后才把动静闹得那么大。如果她逐步释放，“新媳妇儿放屁——零揪”，那或许就没有这个高音哆，也就没有突发事件来检验我们这位见习指挥的耳力，失去扬名的绝佳机会。由此可见，放屁其实是一种自然现象，不是可以人为禁止的。公共场合放屁，确实不雅，所以中国人用“排气”代而名之。可如果实在憋不住躲不开，旁人还真不好责怪。

前些天有了一次在医院陪护的经历，现场感受到了放屁的至关重要。平日里人们多都把放屁当玩笑说，却原来，腹腔手术后排气是一道必须打通的重要关口呢。肠子不通气，就不能恢复正常进食，就没有能量的补充。更不用说憋气让病人遭的罪。同病房的一个小媳妇，手术回来肚子胀得连声讨饶：“哎呦，哎呦，快让我放个屁吧，胀得受不了啦！”要说当时病房里男家属好几个呢，那时节她压根儿顾不上文雅了，连排气这词儿都不解恨。要说医院也真拿病人排气当回事儿，专门研制出了帮助术后排气的中药方。良药苦口，黑汤皱着眉头也得往下灌。还别说，只一袋就打开了运气的通道，第一个屁放出来，那小媳妇就不哎呦了，她的陪护喜形于色，屋子里的人也跟着为她高兴。护士一来，立马报告，像是刚打了一个大胜仗。

便秘是病，憋尿是病，不通气也是病，平时不受憋不以为不然，其实放屁乃人活在世上头等大事之一。憋气不可取，有屁必须放。

我们常说气只可鼓不可泄，那恐怕是专指士气，可不敢什么气都鼓。比方说怨气，就只可泄不可鼓。要是这么看，不能让人只排放好东西，并不能因为放出来的东西不好就加以禁止。怨气的释放，还真就得采用新媳妇的零揪方式，否则往往容易憋出“高音哆”来，这对整个局面的负面影响肯定会放大很多。如此说来，哪怕就算是在放屁，也该任人放，对老百姓真不能讲“不须放屁”。其实这跟呼吸一个道理，人的呼吸，呼出二氧化碳，吸入新鲜空气，较起真来，那也是污染环境呢，可我们能禁止人们呼吸么？

写到这里突然想到，“天地翻覆”到底是怎么回事儿？“试看”一下，会不会是老天爷在放屁？

选购"短保质期"的牛奶

鲜牛奶可是金贵东西，这是打小的经历刻在我记忆里的。那时候正值“文化大革命”，不光把文化的命“革”没了，商店里货架上总是空荡荡的，牛奶自然也不大订得到。那时一项重要的家务活就是跑半个多钟头到幼儿园去取牛奶，那是弟弟妹妹的口粮，天天得专门跑这个来回。

幼儿园的牛奶是从高湾农场专门送过来的，送奶工骑辆旧自行车，后面挂两个大铁皮桶，煞是辛苦。这送奶车风雨无阻，严冬照跑，几十个小孩子嗷嗷待哺，很重要的一份工作。

改革开放后以经济建设为中心，解决了物质产品数量多少的问题。牛奶从奢侈品变成了普通饮品，老百姓都喝得起。甚至去洗澡，有的浴池还赠送牛奶搓身的项目。小时候听说，宋美龄用牛奶洗澡，那反应可是五味杂陈，惊讶羡慕嫉妒恨都有。哪曾想到咱也有今天，寻常百姓竟然也能享受总统夫人的待遇！

东西多了，可还是有闹心的事儿。原来是能吃到嘴就行，要害在于肚子的饥饱——吃喝的有无。现在进步了，就开始关心吃的东西质量如何，又盯上了东西的好坏。

就说这牛奶吧，物质丰富后曾经喜欢趸购——一买就是一大箱，随喝随拿，方便，也显得富足，心里跟着痛快。反正保质期那么长，可以少跑商店，省事儿，还喝放心奶！

可这种好处没享用多长时间，精明人又发现了问题。这保质期长得靠添加剂，而添加剂对身体不好，于是应该改喝保质期短的奶。这说道一起，好多人转辙，只喝当地牛奶公司的产品，保质期有三天足够。还有的干脆重又订奶，让厂家一天一送。

这日子过着过着又往回改了。不过，评价这事儿可以用到“螺旋式上升”这个有点哲学味儿的说法。我们并不是退回到原点，而是生活在更高的层次上。

较起真儿来，往牛奶里放添加剂怨不得厂家。追根寻源，还是消费者的要求太多。想喝鲜奶，还想伸手就能喝。不愿多跑商店，还想保持拥有状态。这些需求都不难满足，牛奶厂家会搞科技攻关，结果就是必要的化学成分添加。厂家又不是神仙，不加防腐剂哪还有别的高招？

供需博弈，球又踢回来了。消费者到底要啥？是图省事儿，不在乎添加剂？还是宁可费事儿，也不要化学处理？反正这二者不好都要，不能同时要。现在市场细分了，两种牛奶都有，百姓完全可以用手中的人民币投票。

企业当然是要赚钱的，你的钞票就是选票，你花钱选东西就可以告诉企业你的真实需求，究竟什么样的产品可以把我们腰包里的钱掏出去。如果人们都买保质期短的奶，那企业就会少放添加剂，减少长保质期牛奶的生产，吃力不讨好的事儿人家肯定不干。

你买东西盯着包装好的下手，厂家就会在外观上费工夫。大众看了广告就跟着掏钱，那企业就会舍得花钱打广告。舍不得孩子套不着狼，买的肯定没有卖的精，那我们只能把自己的需求集中一下，欲望不能同时膨胀，否则吃亏的最后还是我们自己。

达利的俗眼

一日闲转书店，瞥见萨尔瓦多·达利（Salvador Dali）的画集，吉林美术出版社 2004 年出版，封底标明，此画集囊括了达利的 400 幅经典作品。当场拿下，毫不犹豫。

我是达利的粉丝么？不。我懂绘画吗？门外汉一个，甚至连爱好者都不够格。钱多到随便花？啥时也不敢有这等念头。那为啥这么痛快就掏钱买达利的画集呢？

原由还在前几年，偶尔翻过达利的一本画集，过后忽地有了一个对达利的猜想，碰到机会总想证实一下。

说到达利，恐怕无人不晓。看过他的照片就再也忘不掉了：那两撇在末端陡然上翘的胡子，眼球一面对镜头就外凸，乍一看还以为得了甲亢呢。不单相貌特别，艺术才华也非凡夫俗子能比，他有着超凡的想像力，以探索潜意识的意象称雄于世。与毕加索、马蒂斯齐名，他被认定为二十世纪最有代表性的三位画家之一。

盛名之下，我等俗人也不免对他高看一眼。有道是内行看门道，外行看热闹，可达利带给我们的确不是一般的热闹，他的世界是变态的：插上几个半开抽屉的人体，蜡一样软化坍塌的硬件，抽丝般细长的兽腿，物体没有重心地向四周飞开。浴女丑得过任何一个巫婆，自画像用煎肉来做，成人比照幼雏出生般挣扎出壳，乳房如同喷泉淌射出奶水，所绘毕加索的肖像更是“极尽污蔑诽谤之能事”。龙虾电话，嘴唇沙发，滴血玫瑰，……无奇不有。

在一幅幅谜一般的意象中，最怪异的大概是《记忆的永恒》。画作的背景是一片空旷的海滩，静寂得可怕。一只似马非马的怪物躺在那里，它的前部又像是一个人头残部，眼睫毛、鼻子和舌头荒诞地组合在一起。怪物旁有个方方正正的平台，上面竖一棵枯死的树。几只钟表柔软，居然有了随意的延展性，如没煎熟的鸡蛋样软塌塌的，或挂在树枝上，或搭在平台上，或披在怪物的背上。或许时间太过久远了，就连金属、玻璃这些坚硬的物质都挺不住了，它们好像已经疲惫不堪，于是，钟表松垮了下来。

光是荒诞可能还不算什么，要命的是达利采用了一丝不苟的写真笔法，使幻想具有了真实性。达利的许多作品，总是把具象的细节描写和任意地夸张、变形、省略、象征等等手段结合地使用，创造一种介于现实与臆想、具体与抽象之间的“超现实境界”。读他的画，人们既可以看懂所有细节，从整体上，又感到荒谬可怖，不合逻辑，怪诞而神秘。

超凡脱俗的艺术家，骇世惊人的作品。

为啥会这样？

行家告诉我们：达利有他自己的意象偏好——人的潜意识是超乎理性之上的“更为重大的现实”。为从潜意识心灵中产生意象，他开创用一种自称为“偏执狂临界状态”的方法，在自己的身上诱发幻觉境界。“我同疯子的唯一区别，在于我不是疯子”，这是达利个人的行为宣言。他曾去精神病院了解患病人的意识，他认为那些言论和行动往往是对潜意识世界的最真诚的反映。将魔幻的意象与现实主义技法作并置对比的手法，创造了一种引发幻觉的真实感，令观众看到一个在现实生活中根本看不到的离奇而滑稽的景象，从而可以体验到“精神病人式”的对现实世界秩序的破坏与解脱。

理论解释难免晦涩，用我们老百姓的话说，达利就是个怪人，他的脑子恐怕不大正常，他的眼睛有毛病，看到的东西就是那副变态的样子。

不过，不尽然。

不知是否有人注意，其实，在达利的眼中脑中心中，这世界也不全都那么异常，他也有一个自己的常态的小小世界呢！那次我翻过他的画册，先是被他作品的怪异所惊骇，这人长的是啥眼神啊！过后回想，不知怎么突然醒过味来。哎，有点不大对头啊，这达利的心眼儿可是太偏啦——画面中只要是跟他爱人卡拉（Gala）沾边的，形象全是正常的，甚至还是端庄的，唯神圣之美！

这次我买的这本达利画册，斥巨资于此，专为印证这个猜想。400来幅作品，有标明卡拉出场的23幅，清一色正面形象。卡拉做模特替身出场的十多幅，亦都如此，可以说，在达利的画作中，存在着一个“永不变形的卡拉”。

如果说这个样本不够权威，那我还有旁证。太太手头有本《大师的手稿》，河北美术出版社2011年出版，其中第60页和第61页是达利的作品——1950年前后有关卡拉的6幅肖像画。推算起来，其时两人相遇相爱已逾20年矣，卡拉年龄已在55岁上下，达利怪异的画风也风行多时，然而，达利笔下的卡拉却仍然那么端庄，那么醇美。

1929年，达利在加泰奎斯结识了年长他10岁的卡拉，当时她与她的丈夫，诗人保罗·艾罗德（Paul Eluard），去拜访达利。是一见钟情，还是数见钟情，搞不大清，反正雷光电闪，卡拉和达利便成了至爱。卡拉没有回巴黎，从那时起她就呆在达利的身边，陪伴了大半生，直到86岁去世。据说，达利一直在现实中寻找那种能够激发他的欲望的“优雅女人”。与卡拉的邂逅，可以说是天赐绝配。

卡拉的美貌和文雅征服了达利，当然就给了他艺术上的灵感。达利把他对妻子的爱，物化成许许多多的肖像画。达利崇拜卡拉，视她为圣母化身。在达利晚年所画的宗教主题画中，他毫不掩饰地把卡拉画成圣母，也画出了卡拉在他心目中的“超现实”形象。达利坦然承认：“我爱卡拉甚于爱我母亲，甚于爱我父亲，甚于爱毕加索。”他丝毫也不隐晦地说：“我在美化卡拉，我要让她灿烂辉煌，要让她尽量幸福快乐。”

达利为何如此迷恋卡拉？答案恐怕只有达利自己知道：“因为没有她，我一切都完了。”遇到卡拉那年，25岁的他就对别人说：“她能治疗我的神经质、焦虑和暴力冲动。”至于卡拉哪些方面能够驯服狂野的达利，那我们就不得而知了。反正卡拉不仅驯服了达利，更是成为达利终身的灵感泉源——“超现实主义的缪斯”。在艺术界，这是极为罕见的。卡拉陪伴达利53年，在他的画作中持续出现。她去世后，达利灵感顿失，从此停止创作。没有卡拉，就没有伟大的画家达利，是世界画坛公认的事实。

我这小文命题为“达利的俗眼”，绝不敢有丝毫贬低伟人的意思。俗眼之俗，不是庸俗的俗，而是世俗的俗。才情固然天纵，达利也不能总是悬着飘着疯着，他的脚跟得能落地，时不时地他得俗上一阵儿，他得保持“与疯子的唯一区别”，这是人与大地的关系，达利在这个最基本的关系中找到了平衡。他得回到大地母亲这儿喘息，得在家里得到安抚，得在这儿汲取发疯和回返的能量，否则，他不敢疯，也疯不起来。

给我来点热乎的

今天是每年高考的日子，早晨第一件事是在微信上发几张少男少女英姿勃发的照片，为他们祈福。明明知道自己起不了什么作用，还是愿意做点啥，心到神知吧。

东想西想，又把当年参加高考那天的两顿热饭想起来了。

能确定的是在 1977 年冬天，可具体哪一天却记不得了。早上还在青年点的凉炕上熟睡，被一阵敲窗子的声音惊醒，睁眼抬头一看，是大队王会计在招呼我。看看表，时间真差不多了，该起来了，肚子垫吧点东西就该去考场了，二十多分钟路呢。

看王会计的意思，不光是叫醒我，还比划着让我出去，又比划出吃饭的意思。看得我心头热乎乎的。

头天回青年点路上碰到了王会计，他知道我为了参加高考回点里过夜，立马让我住到他家。我们下乡的地方人多地少，一到冬天农闲，知青就放假。寒冬腊月的，青年点就没人呆了，不开伙，也没热炕。不愿麻烦人家，我还是坚持一个人对付，结果一大早人家过来，说什么也让喝口热乎的，说是那样去考试能舒服些。

进了王会计家门，嫂子已经把热汤面盛好，上面的卧鸡蛋特别显眼。一宿的凉炕睡下来，火力再壮，也还是寒气上身。面对着这碗热面，那意思也赶上“久旱逢甘雨”了吧。呼呼噜噜吃下去，弄个全身暖和通体舒展，跟王会计和嫂子告别，就上路了。

白雪一片，寒风四起。可有了这碗热汤面垫底，心里乐滋滋的，一点都不觉得冷，也忘了赶考的紧张，就觉得老天爷待我真好，特意安排王会计两口子慰劳我呢。

借着这喜庆劲儿，第一科考得不错。

中午饭呢，父亲请他的一位同事照顾，他家就在四方台中学我高考考场的旁边。他是朝鲜族人，本想着这午饭也就是朝鲜咸菜而已，招待客人顶多咸菜的样数多点，人家就那种饮食习惯啊。结果上了炕桌才发现，师母特意烧了热汤，说是汤，其实很像东北炖菜，里面内容还挺丰富，生怕我这汉人吃不惯他们的伙食。

早晨那种感动又一次涌上心头。

下午乘胜追击，又考出了好成绩。我的高考成绩在抚顺县文科考生中是名列前茅的，四门考试268分，跟我自己估计的差两分。短短一个来月的复习时间，能拿到这个成绩，跟我这两顿热饭的关系有多大？这是我常常考虑的一个问题。物质变精神，精神变考分，我一直觉得有这种非常直接的因果关系。如果说高考改变了我的命运，那追溯的再细一点，这两顿热饭改变了我的命运，这么说也不无道理，也不为过。

叫我不时惭愧的是，这么些年我并没有直接的回报，我没为王会计兄嫂和朝鲜族师傅师母做过什么。或许他们早就忘记了这茬口，他们并不在意我的回报，压根儿就没在意过，可是这两顿饭在我心底总是热乎着，一辈子消化不掉。

或许，这些年来我努力学习努力工作的源动力就在这两顿热饭吧？没有什么大道理，滴水之恩当涌泉相报，我把王会计兄嫂和朝鲜族师傅师母给我的热传递了出去，能帮人就尽力相帮，没有什么背后的企图和将来的算计。做了什么善事，那就是应该做的。问心无愧。

现在物质生活提高了，普普通通的两顿饭得来极容易，受之似乎理直气壮乃至天经地义，看过去压根儿不值几个钱。可关键当口的热饭，又哪里是钞票可以衡量的呢？

记得小时候看朝鲜电影看得津津有味，有部反谍片里，一个南韩间谍泅水渡江，冷风凄雨中好不容易摸到一家小饭馆，进了门好半天嘴还缓不过劲儿来，冻得直打颤，结结巴巴地说："给…给…给我来点热…热…热乎的。"

孩娃时也曾饥寒交迫，对那间谍的这种狼狈相感同身受，不然哪能体会到"热乎"的重要，救命的啊。

“叫好”、“叫座”掰开说

一次参加一个文化产业发展的座谈会，一位业内专家严正指出：“叫好不叫座”是个伪命题。因限时发言，他没能展开说明。我当时听着，心里顿了一下，思绪就绕着这句话转悠开了。

现实中难道真的没有“叫好不叫座”的情况么？

这一阵儿国人热议《1942》跟《人再囧途之泰囧》，这两部电影是不是就可以当此一说呢？《人再囧途之泰囧》票房大大超出制作方的预期，那么点小制作居然卖出十多个亿，“叫座”是一定的了。是不是一片“叫好”？还值得一问。甚至对掏腰包去看“泰囧”的人来说，他们都认定“泰囧”好过《1942》么？仍然未必。据说，不少人就是想去跟着徐铮一伙哈哈哈，图个一时乐呵。那么对《1942》呢？有的人觉得日子过得已经够紧巴了，干嘛再给自己添堵找不痛快？可这并不意味着他们认定《1942》不好，只是敬而远之。如此看来，“叫好”未必“叫座”，“叫座”也未必“叫好”。

既然“这个可以有”，为什么那位专家还会做出伪命题的断言？似乎这事儿还很有琢磨头。究其实，关键在于“叫好”跟“叫座”

这两个“叫”的主体并不一样，所以这事儿最好掰开来说。

“叫好”的“叫”，行为主体当然是文化产品的接受者，是人。不少人习惯用“受众”这个词儿，在我看来，这叫法隐含着人多的意思，所以我就躲开了，换用“接受者”来表述。

“叫座”的“叫”，究竟是什么在“叫”？我以为“叫”的主体并不是人，而是文化产品本身，这才是真正的“行为主体”。如果给出稍微严谨点的定义，“叫座”是指文化产品具有真实的、有效的市场吸引力。比方说：这戏真叫座！

不过，文化产品的一个特点容易让人产生错觉。文化产品跟实物产品有很大的不同，就是艺人创作时的临场发挥作用特别重要。尤其是那些现场类的表演，质量高低特别关乎演员与观众的互动。这时，艺人成了众人视觉的焦点，“叫座”的主体往往表现成为艺人而非其作品，往往表现成为人本身。正是由于文化产品与艺人直接相关的这个特点，人们在说起“叫好”跟“叫座”时，就容易混淆两个“叫”的主体。表面上似乎都是人在“叫”，其实不然。

这些年流行“粉丝”的说法，看着就是慕名而去，只要是自己偶像的作品，一律热捧！不过多数人还没“粉”到痴迷不悟的程度，所“粉”的其实是在偶像内在功力的外现，只有当这表现与其名声旗鼓相当时，只有二者合一时，“粉”才得到实效。毕竟观众渴望从表演中得到的是精神契合和情趣相投，严格来说，偶像不过是观众所喜爱的文化作品的人格化，不过是观众精神寄托的人格化。

黄金期过后，演员离巅峰状态愈来愈远，粉丝对偶像的喜爱和寄托是会变化的，也是会转移的。就说惠特尼·休斯顿吧，歌迷真正所

“粉”的还是她巅峰期的演唱，而并不是她本人。她后期的演唱竟然引起粉丝的愤怒，以至于演出难以为继。这事例典型地说明，“叫座”的不是休斯顿这个人，而是那曾经的天籁般的演唱。

“叫座”的市场表现，就是掏钱买票的人多，好多人认定值得花钱买这一席“座位”去看。“叫座”的，一定是大众的。反过来，“叫座”的，大众的，是不是一定就“叫好”？既然“叫”的主体不同，那二者之间完全可能出现“错配”。

物以类聚，人以群分。不同的人，社会层级不同、生活环境不同，历史经验不同，文化趣味也就千差万别。如果类别分得太细，一时半会说不清什么。我干脆就粗分为两类：文化人和文化圈外的大众。

若是这两类人都“叫好”，那说明这项文化产品可以“普世”，提升了社会的艺术品味和文化生活品味，不仅“叫好”，也会“叫座”。中国最典型的“双叫”作品就是小提琴协奏曲“梁祝”，跨越时空的经典。

若是文化人“叫好”而大众无动于衷，那是艺术圈自娱自乐。究其原因，可能是大众的欣赏水平还有待于提高，也完全可能是那玩意儿只适于小众的自我陶醉。不管什么原因，当下的结局只能是“叫好不叫座”。王家卫拍的《一代宗师》票房不大好，然而在文化人当中却大受赞誉，可以作为例证。“叫好”的声音仅仅在小圈子里回响，也不要紧，“自产自用”也是文化传承的一种方式。一个社会里，总有一种文化精神立于高处，或许哪一天，老百姓也站到了这个高处，感同身受，那就可以演变成第一种情形。

若是大众“叫好”而多数文化人不屑一顾，那是老百姓自娱自乐。除非文化人能给民众奉献出更具吸引力的文化产品，能够替而代之，否则这种文化人眼中的“低级趣味”就会流行下去，而且“叫好”的声音会吵得很响。这种非专业的“叫好”同时还“叫座”，若按文化人的标准，那只能是“叫座不叫好”，与之对峙而立的就是“叫好不叫座”——文化人的孤芳自赏。

若是大众和文化人都不“叫好”，那就没啥可说的了，“叫座”连想都不用想。历史上这种文化产品也有咸鱼翻身的，但为数极少。既不“叫座”，又不“叫好”，那多半是文化垃圾。

从这四类情形来看，“叫好不叫座”真的存在，不见得是伪命题。

顺便想说的是，俗语是从现实生活中冒出来的，往往是对某些规律性社会现象的粗略归纳和口头总结。能够代代相传，说明它接着地气，肯定有它贴近现实的一面，不可轻易否定。专家因其专而否定俗语，往往是跟生活较劲。然而，理论上灰色的，生命之树才会常青。不少专家被人讥为“砖家”，恐怕就与这种愚蛮有关。

星光大道对舞台的后现代解构

星光大道是央视一档特火的文娱栏目，它为什么这么火，我以为，跟它对舞台的后现代解构不无关系。

作为歌舞秀节目的集散地，星光大道原本是个舞台。而解构，还是后现代的解构，对象首先是这舞台。这个栏目名称不叫舞台，而叫“大道”，正合了解构舞台、打造通道之意，恰恰名副其实。

舞台看似一个整体，却总是隐含着演员与观众、主持人与演员、评审与演员、评审与观众、观众与观众的种种对立。星光大道的舞台设计应和着种种对立，别出心裁，它四通八达，没啥界限。演员、主持人、评审、亲友团乃至个别观众容易说话、登台或串场，“物理场”上方便了，“心理场”上“一演一观”的界线也就不那么清了。当然不可能所有观众都来登台，但机会总算有了，有了一些代表，就消减了原来演员与观众的二元对立。评审或许不那么专业，比如体育明星也来“说三道四”，虽然评语可能“跑调”，却消减了专业的神秘感。亲友团作为观众与演员的过渡形态，增加了竞争的热闹程度，也增加了现场的亲和力。如此种种，都是抵消对立的高招。

这个舞台的特殊更在于它演员的“去固化”。本来聚光灯只能打在少数人身上，可这里的聚光灯特别灵活，来回移动。只当一回观众，也有了“亲自”参与的体验，更别说演员了。铁打的舞台，流水的演员。各色百姓，像家政嫂、农家大衣哥、卖菜婶子、酒水推销员……差不多就是观众堆儿里的一员，有点文娱本事都能来比试比试。偌大的中国，憋着性子找机会出头的人特多，只要挂出招牌，参与者一定会络绎不绝。一旦演员赢得评审和观众认可，就可能有更多的专业发展空间，起码市场演出机会笃定能增加不少。即使一时没成功，几场激烈的竞争下来，长了见识练了胆。有的“反败为胜”，有的蓄芳待来年，也有的认清现实另谋发展。优胜演员摇身一变，又可以登上评审席。这里炒冷饭的不多，长江后浪推前浪，为博位求奇求险，创新性节目层出不穷，也容易提升观众持续的审美激情。

说节目，离不开主持人。毕福剑自己也是半路出家，作为官方电视台的主持人，他不够端庄，整个一个“托儿”。他有时站在观众的立场上搞人道煽情，有时貌似评审现场验功，有时配合选手员露怯串演跑调配唱，从他身上看不到主持人与他者的对立，地地道道的野路子。然而正是这野路子挠到了广大观众的痒痒肉，让节目火了。欲扬却贬，似贬实扬，“毕姥爷”牢牢占住了“大道”领路人的核心地位。灿烂星光下，“毕姥爷”各路粉丝齐聚，构成一个最大的文艺团队，也形成了一个最大的观众群体，一起把星光大道做成了一个抢眼品牌。

也许科班出身的文艺专家不会正眼相看，不过星光大道挑战的正是学院派文艺人。无论风格和水平如何，对那些没有机会上学的文艺人才来说，它毕竟可以让人崭露头角，或许就是条出路。有了这种叫座的演出，学院派文艺团体不再那么唯我独尊，遭到了一定程度的解构。对文艺我当然是外行，但仍然顽固地认为：这种“野路子”应该是文艺主渠道不可或缺的补充，这是那些文娱才子之幸，也是社会开放之幸。星光大道肯定是叫座的，至于叫不叫好，得看评价主体是谁。不过既然能叫座，在现时民众欣赏水平看来，它也能叫好。

星光大道看着不那么洋气，有时候土得直掉渣，可它的走向却恰好对应着后现代解构之路，最核心的一笔，就是降解神圣，走向大众。不管是有意为之，还是误打误撞，客观上可是舶来品，“洋”得很呢。

人在《1942》之囧途

前一段被人们热议的电影是《人再囧途之泰囧》，还有冯小刚的《1942》。本来冯先生是中国电影票房的王者，不想这一回徐铮的小制作竟然得了先机。这是老百姓用脚投票的结果，或者说，是用钞票当选票投出来的结果。票房是硬道理，对吧？

可这硬道理下面还埋着些啥呢？

国人当然需要看《1942》，惨痛的历史尤其不该忘记。特别是那些做着大国迷梦的夜郎们更应该看，那寒那冷或许能唤人清醒。

但是，国人不能总在《1942》中呆着。人在苦痛中出不来，或者不想出来，那也不成。时间长了，那寒那冷任谁都受不了的。人得想法子从《1942》中挣脱出来，起码得透透气儿。

这时候，《人在囧途》之类的作品就有用了，至少对老百姓有用。过日子不妨做几回阿Q，吸点精神鸦片，就如同多吃顺气萝卜，或者蒸桑拿发汗，把那肚子里的郁气排解些许，放放屁什么的，反正在哈哈一笑三笑中，总能把忧愁暂且搁一边，缓缓神儿，总归有点好处。

我这文章的题目把两部电影串在一起，也不全因为票房，而是借题发挥，想说说门外汉对悲剧喜剧的一点胡猜乱想。

通常，喜剧比较浅薄，悲剧相对深刻。但也会有貌似深刻实则浅薄的悲剧，偶尔亦会有看着浅薄却内涵深刻的喜剧，不能把这两对概念贴上标签划定界线。

人生肯定需要喜剧，哪怕是浅薄的喜剧。人生也十分需要见识悲剧，但不能总沉浸于悲剧中，哪怕再深刻的悲剧。

人生应该走向深刻，可总那么深刻就太累人，容易把人憋得喘不过气儿来。生命有其不可承受之重，再深刻的人，也需要放松放松，脱开深刻去浅薄几番，哪怕是偶尔为之。

人生的确需要浅薄，但总那么浅薄便容易变得轻浮。脚不沾地，心就不安，浮萍一般，悬来悬去，人生又有其不可承受之轻。此时悲剧就像铁锚一般，让船上的人得以安定。

一些端庄之士只许深刻，绝然不承认人对浅薄的需要，是不愿承认，或许是不敢承认。社会中的确有些人活得很累——把端庄演变成“端装”。当然有的人习惯于一本正经，久而久之不以为累，那倒也是一种表演功夫。装腔作势，戏功沁到了骨子里，举手投足都是戏，让百姓在“端装”中看出了浅薄。

回到《人再1942之囧途》，为什么两部电影的票房会出现反差？前面讲到人生需要悲喜剧的口味转换，或许票房多少就与这种转换的时机有关。可能人们悲剧看多了，可能生活里悲催的事儿碰到得不算少，不想再给自己添堵了，于是看《1942》的人就没那么多了。

《1942》肯定是深刻的，但《人再囧途之泰囧》未必浅薄。不同的人有不同的口味。究竟如何，恐怕需要更长时间的检验。因档期相撞，人们把这两部片子放在一起比较，真正的较量却是各自面对时间的。因此，不必为一时的得失而担心或哀叹。

深刻的东西往往是耐用品，是会留存下来的。深刻的东西不大容易产生，然而老天有所找补：一旦产生，其作用就可能不时地再现。皱纹是岁月遗落在脸上的划痕，去之不易，它会长久地顽强地示人。浅薄的东西往往是易耗品，容易制造却不容易留存，有如过眼烟云。这又好比是化妆品，外饰于年华，总得不时地粉涂。

大连"打滚子"的渲泄

扑克哪个地方都喜欢打，古今中外，三教九流，能置身局外的少。在大连，人们主要是“打滚子”。这种玩法可享过程之热闹，利百姓之渲泄，适于大众放松心情。

“打滚子”，说白了就是四个人用三副扑克打升级（更有甚者四个人打四副牌，想一想，那可是一人手中抓一副牌啊!）。由于牌多，可能的组合就多，牌力变化大，牌局就容易风烟滚滚。如果哪位手中抓到了三个一样花色的牌，如三个红心 K，或三个梅花 9 什么的，这就是所谓“滚子”。只有花色一样的牌才可以一起出，“滚子”比别的牌都大，是得分的主力。

打扑克当然要讲输赢，“打滚子”既用三副牌，升级与否就在 120 分这条线，闲家得到 120 以上，庄家下台，不然就升级。整个牌局得从 3 升到 10，可“打滚子”大局成败就在打 10 时的牌力对比，前面怎么折腾都无关紧要，只是过程。

“打滚子”也需要对家配合，这一点跟桥牌相同。不过桥牌可是每一张牌都不能出错，而“打滚子”远没有那么严谨，容错空间比较大。只要关键的几口牌处理好了，就能支起一个牌局。既然容易参与，那肯定对家水平没那么整齐，对如何出牌为好也会有不同想法，牌多了不容易搞清牌力对比，这就有了“双打”（打牌同时也打嘴仗）的机会。

打桥牌是四个人静静地做头脑体操，最好没人围观，小众得意，孤芳自赏。“打滚子”不能像桥牌那样打，俺这个游戏的名字就亮出了迥异的风格，甚至可以说“打滚子”需要围观。旁边有人伺候局儿，看几家牌，跟着紧张或者看笑话，打牌人逗嘴时添油加醋——大连人叫“戳豁子”，对家也跟着起哄，那才够“滚”的意思。热闹当中，工作里生活里的郁气有了畅快的排放管道，狂轰滥炸后什么都烟消云散。

“打滚子”有一个“喝血”（大连人很过瘾的发音是“哈写”）的设计。如果庄家觉得牌力富余，可以把王牌（大连人叫“大令”和“小令”，北京人叫“大猫”和“小猫”）扣在底牌（大连人称之为“扣令”），但底牌须公示。庄家扣好牌后，另三位如果觉得牌力富余，也可以“扣令”，但须换回底牌中最差的牌。这样再厮杀时牌力比较均匀，底牌信息公开也许对牌局有较大影响，博弈更具悬念。

“扣令”如果成功（庄家打赢，闲家将庄家打破）下一把牌可以多升级，“大令”多升两级，“小令”多升一级。庄家主打者下次还可以吃到对家的贡牌（也就是能喝到“血”）。牌好“体力”充沛，就更容易造成排山倒海之势，过瘾！如果一方把三张“大令”或“小令”扣入底牌，那就一举定输赢，成牌庄家胜，牌打破了则闲家胜，磨磨唧唧的过程戛然而止，痛快！

“喝血”并不只靠“扣令”。如果庄家能使闲家得分低于80，那每少10分庄家就可以喝到一张“血”，反过来，如果闲家得分高过160分，那每多10分闲家就可以喝到对方一张“血”。这规矩是变着法儿激励竞争，憋着劲儿就是要把牌局弄个天翻地覆。

总的来说，“打滚子”就是要让人渲泄。

对比一下，外地的扑克玩法好像也有这个意思。比如南京一带时兴打“惯蛋”，我看玩家也挺high的。

寻常百姓，更需要渲泄。渲泄就得有畅快的渠道，“打滚子”就是大连人排解郁气的妙法儿。

打麻将是动态建模

打麻将，好多人眼里的国之陋习，玩物丧志的典型代表。“建模”，则是好多学问功课中非常要紧的一门手艺，再加上“动态”两个字，那说明已经学到了高级阶段。这俩事儿怎么可以扯到一块？

我以为，玩物未必丧志，关键是怎么个玩法，抱着什么心态去玩儿。麻将不过一玩具，本身无善恶，就看当事者如何利用。比如1949年国共和谈，国民党谈判代表之一的刘斐，有一次问毛泽东是否会打麻将。毛答道：“晓得些，晓得些。”刘又问毛你是喜欢打“清一色”呢，还是喜欢打“平和”？毛泽东微笑地答道，“喜欢打‘平和’。还是‘平和’好，只要和了就好。”刘斐笑道：“‘平和’好，也有我一份。”你看，政治家把麻将打法当成了政治语言，用来间接探询对方的施政取向，不是麻将一妙用么？

学校里怕学生耽误学习，对打麻将从来是禁止的，然而人性所在，禁而不止。我倒以为，严格禁止不如因势利导。比如，如果可以对模型做广义的理解，那么打麻将也可以看做是一个动态建模的过程，不晓得对真正的建模作业会不会有所启发。

麻将中有各种不同的和（读“胡”的音）牌法，那就相当于事先设定的理论模型。不同的和牌法有不同的模型构件或要素，如“一条龙”必须同时具有条牌（或饼牌、或万牌）从 1 到 9 的 9 张牌，而“七对”则必须最后构成 7 个对子才能和牌，还有“清一色”、“大三元”“平和”等等和牌法，各有各的讲究。“和牌”，就是根据手中抓到的牌去构建某个模型，让理论模型在牌桌上得以实现。

打麻将建模是动态的，因为起牌后手中只有 13 张，得靠每次新抓到手的牌来定乾坤，“停牌”后更是如此。每次都得打掉一张牌，打得对不对，并不一定。当时看着像废牌，过后却可能是非常有用之牌。

这个动态过程具有很大的不确定性和随机性。起牌后一边倒的牌很少遇到，“天和”，庄家起牌后就和，纯属于小概率事件。“地和”，抓到第一张牌就和，牌桌上也很少见。通常到手的都是散牌，需要抓几圈后，究竟按哪一个（或哪两三个）模型来构建才见端倪。如果牌能够相对集中，略作调整就可停牌，只差一张牌便可和牌，那手气已经很不错了。

即是建模，那就离不开种种约束条件。除了各种和牌法，还有一些规则约定：如 2、8 能不能做“对”（有的地方叫“掌”），“中发白”能不能“碰”（三个一副牌），是点炮者付费还是三家赔一，“截和”还是一炮多响，等等。不合约束条件而“叫和”，那是“诈和”，坏了规矩不仅本次不算赢，下次还得包赔。

打麻将的输赢是相对的概念，特别在点炮者付费的制度约定下，本人不一定和牌，只要不点炮，就可以在博弈中立于不败之地。四个人同时建模，资源有限，所以参与博弈的手法还得看对家如何。对家的性格怎样，是风险偏好型的（愿意憋大牌和），还是保守型的（不管什么牌，有和就和）？这对形成自己的博弈对策十分重要。所谓“看住下家，吃定上家”，无非是建模资源的明争暗夺。

建模博弈也是一场场信息战。自己有什么牌可以看到，自己缺什么牌需要根据建模方向来确定，关键是自己所需之牌能要到的可能性有多大？上家大概会打出什么，桌上已经打掉的都是什么（对自己本次建模而言已是不可再生资源），这样才能对建模能否成功有个估计。如果以防守为主，估计对方要什么牌，停没停牌，停哪几张甚至哪一张牌，都得随时考虑。打到后来，宁可自己不和牌，也不能冒险给他人点炮，都要靠对牌桌上信息的把握和判断。有的高手从来不整理自己的牌，就那么散放着，还能看出牌有没有用，该和什么，该打哪些，脑子很清楚。不摆牌，避免了别人对自己信息的窥探，总把注意力放在对他人牌力信息的估计上，一防一攻，建模成功的机会当然会多出不少。

其实生活中的很多事，都可以从经济学的角度去理解和解释。如果养成这种思考习惯，那么经济学知识就不是悬空在书本里，就容易落地，就容易内化成自己思想意识的组分。当然，这种关联思考并不能代替正规的经济学建模训练。

不少人把麻将当成赌博唯恐躲之不及。其实麻将只是一种形式，没有麻将也可以赌博，有麻将也可以不赌博。不同的人可以从麻将中得到完全不同的收效。有的人打麻将就是为了赢钱，有的人则是为了输钱（送礼的一种方式，故意给恩主点炮），有的人是为了交友，还有人是为了调节自己，所谓小赌怡情是也。

这里把“打麻将”和“动态建模”扯一块儿，算不算怡情之一种呢？

选报大学和菜市场挑菜

高考分数出来了，报选大学的咨询电话也多了起来。一位同学来替朋友打听某高校的录取可能性，我说，还是让家长自已直接来问吧，省得传话七扭八歪的，耽误功夫还损失信息。同学说，人家没念过大学，怕听不懂。我说报志愿这事儿其实没那么难，只要去菜市场买过菜就能听懂，尽管来问好了。

那家长的电话来了，第一问是，孩子想报某某大学，你知不知道他们的录取分数线是多少？有没有内部消息？

我笑了，绝对没有什么内部消息，因为现在那学校的录取分数线还等着你们决定呢！

我们决定？我报不报这所大学还没一定呢，我怎么能决定？对方的反应很诧异。

我说，是啊，不管你报，或者不报，都肯定会参与他们录取分数线的决定。

对方只关心自已孩子，要的是准话：那我到底能不能报这所学校呢？

我说，你孩子的成绩超过省一本分数线多少？这所大学去年在你们省录取成绩超过去年省一本分数线多少？如果你孩子的成绩超过得更多，那报这所大学就比较有把握。心里不托底，再查一下前年甚至大前年的情况，看看这所大学那两年超过你们省当年一本分数线多少，如果三年都是你孩子超出得更多，那把握就更大了。

怎么敢说把握不把握的话？因为考试成绩其实只是一个相对的度量，绝对分数可能会有大的起伏变化，但相对关系却是比较稳定的，即使变化也往往有限。尺子都有弹性，选用时当然得挑弹性小的来度量。明白这个道理，省的一本分数线就可以当做一个参照的标准。有的考生得了高分就欣喜若狂，总忘了跟别人比较相对位置。岂不知通货迅速膨胀后，“万元户”可以成为贫民，百万英镑也会从天文数字跌落到地上。

各校录取分数线实际上是众多考生竞相报选后才形成的结果，高分考生报多了，学校分数就升高了，反之就降低了。事前最靠谱的参考指标就是“两个差额”：考生成绩与省本年一本线之差，往年某大学录取线与省当年一本线之差。四个数形成“两个差额”，假定大学录取线与省一本录取线的距离保持不变，也就是说今年仍然相差那么多，在这个前提下，前一个差额比后一个大，报选成功的把握就比较大。

现在各地区都给考生和家长印制了厚厚的本子，里面汇总了往年各高校的录取信息。信息太多也让人犯愁，到底抓那些信息？怎么看这大厚本子？千万不能直接挑往年录取分数跟自家考分差不多的高校，得稍微麻烦算两个减法，挑那些相对差额差不多的高校。我觉得，这厚本子主要就是为了方便我们进行这“两个差额”的比较。

那位家长又问，如果我还对别的学校感兴趣怎么办？我说这也好办，你就当是去菜市场买菜，孩子的分数就是你兜里所能用来买菜的抵值券，你的目标是尽量不花冤枉钱，能买到可心的菜。

你这么打算，别的家长也这样。所以买到这道菜还得经过一番暗中较量。这个“菜市场”摊位都确定了，菜也都准备好了，不过有两点比较特别：一是抵值券面额（这里就是考生的分数）不等，只能当期一次消费，不找零。买主可以排几家的队，但最后只能买一家的菜；再一是摊主并不知道菜能卖多少钱，只等着买主们之间的价格赌博。如果哪个摊位去的人多，关键是去的人兜里抵值券面额大，那这个摊位的菜价就上升，反过来就下降。这菜市场里价格赌博是背靠背的，你没办法知道别人脑子里怎么想，就是说，他们的即时选择是个秘密。

报选大学，就相当于在这种特殊的菜市场里做决定：到底在哪几家摊位排队。好摊位的菜品，多半被大额抵值券持有者（即高分考生）盯上了，容易成为他们的囊中之物。如果咱兜里抵值券面额没那么大，在那儿干等着也没啥用，白搭了有限的排队机会。报选，就让兜里钱与摊位上的菜品质量比较匹配，这是一次性定额支出，性价比越高越好。

别人怎么排队你看不见，所以只能看看这摊位前几年的市场表现，看看以往买主对他们的感觉，也就是他们往年成交的菜品价格，换到报大学这个事儿说，也就是他们往年的录取分数线。当然这“最近历史价格”也只能做参考，由于买主之间的价格赌博，还有其他因素，它们肯定上下波动。前面说要特别关注“两个差额”，就是为了尽可能抵消这种波动的影响，让自己的判断更准确一些。

既然是价格赌博，那就肯定有风险。越想买到好菜品，风险就越大。只想读个大学，那就选往年录取线低的报，成功的把握相当大。如果心有不甘，总盼着天上掉个馅饼砸自己嘴上，万一有幸弄个名校念念，那就得有愿赌服输的心理准备。

那么大菜市场，那么多摊位，怎么才能缩小包围圈呢？有了咱会买菜的“能力自信”，记着“两个差额”比较这个关键点，通常有两种处理办法。你可以先跟孩子一起确定要读哪一类的大学，比如财经类、工学类、理学类、文史类或综合类，然后在选定的类别里做功课，选择“两个差额”比较中更靠谱的学校，作为备选名单，尔后通过各种渠道进一步了解备选大学的信息，最后确定填报志愿。你也可以先比较“两个差额”，确定录取可能性比较大的高校单子，再从中选定孩子愿意读的专业大类。不过这样挑选的工作量比较大，千辛万苦，反反复复，最后看看到底哪几所大学是自家的菜。前几年我曾写过一篇《报考大学要考虑的五大因素和顺序》，重点是针对大学类别的选择，新华网实名博客里发过，《偏，得以见》中也收录了，或许还有点参考价值。

“抵值券”毕竟揣在排队买菜人的兜里，怎么确定菜单只能是自家的事儿，外人只能介绍报选的思路和背景材料。究竟结果如何，要看高考后报选这最后一搏，也得听凭造化。

电话里我当然没这么罗嗦，只说了主要思路，比喻未必十分恰当，对方倒是觉得挺有启发。过后就手把我的讲解再整理一下，发出来当做我对考生的小小贡献，哪怕多一分帮助，多一个人得到帮助，也算积德，心到神知吧。

改良么，不怕善小。毕竟，拣到碗里不是菜，吃到嘴里才是菜。

道听途说

京都行：艳遇与“被艳遇”

“祇园”商业区，是京都旅游的重心所在。那里不光卖实物商品，还卖精神产品，比如歌舞伎表演，比如“能剧”表演。这两样我都没看过，据说能剧的节奏很慢，比中国京剧中的慢板还要慢，哼哼呀呀，不知所云，难以忍耐。当然可能是因为莫名其妙才觉得慢，这也是人性之一种，对不熟悉的事物就格外容易感受其慢。比方说走路，第一次走的路，会觉得很远，再走过也许就没那么长了。

熟悉歌舞伎表演的人估计也不多，但其市场引力肯定好过能剧，毕竟秀色可餐，人性之优选。不过这个“秀”通常不是歌舞伎演员的姿色，而是其妆扮和技能。这次我在京都博物馆撞见歌舞伎表演的片段，发现两位演员表演时就是一副姜太公钓鱼的神态，她们脸上唯一的表情就是毫无表情。

事先看京都的游览推介，对祇园都是笔墨浓重的。尤其提到，在夜幕降临之前，你或许有幸在祇园街头遇到一身艳妆的艺伎，那是她们匆匆行走在去表演的路上，这也是京都独有的风景之一呢。“遇见”只是“或许”，稀缺资源啊，这噱头卖得好！下午五点来钟，别的景区差不多都关门了，只有这里还有景可赏，有物可购，有表演可期盼。游过这里，客人这一天便可尽兴了，主人们也算把旅游业做到了极致。

那天傍晚，我端着变焦镜头“小白”在祇园街头东张西望，突见前头一外国游客狂奔，原来又是一位艺伎进入视野。于是众游客蜂拥而动，“长枪短炮”一顿乱拍，直到那艺伎进得门去。好在这抓拍主要是针对着艳丽服饰，即便背影也无所谓，甚至并不亚于前面的正照。

不知是不是幸运超常，那天在白川河边“双桥”那一带，我还撞见两位日本姑娘着艺伎装拍体验照。她们并不拒绝游人与之合影为之拍照，摄影师甚至鼓励游人的参与。

跟拍的一段时间，我发现日本女士的小碎步原来是叫船型木屐闹的。那木屐底儿特小，断不能昂首阔步，只可以低首含颔，一副小心翼翼状。头一低，眉眼儿也就低下来了，那谦恭劲儿跟着就出来了。人天性喜好以我为贵，遇见这低眉顺眼的，自然十分受用。

在祇园街头逛了好一阵儿，艳遇不算少。歇息时回顾相机里的照片，突然发现有的不大对头：那艺伎怎么走得不疾不徐，似有招摇过市之感。是啊，有的怎么走来再走去？有的天色近黑怎么还不进场？有点似乎就是在等你去拍照！莫不是碰到了“牵驴的”？

又想起 1994 年第一次到日本，在东京迪斯尼乐园，人家专门从瑞典聘来两位俊姑娘和一位帅小伙，活脱脱的“人样子”，工作就是等着与好美的游客拍照。那模特不仅长得超美之美，脸上还挂着永恒的笑。当局肯为游客花这等功夫，真叫我等这一辈子都记得都感动。

这一次，莫不又是促进京都旅游的专门安排吧？要是如此，我这就不是艳遇，而是“被艳遇”了。第二天，我的游程是清水寺下的“三年坂”一带，比头天傍晚更为幸运，竟然先后遇到了五六拨艺伎，她们注意彼此间错开，走得更优雅更从容，非常方便游客的拍照！而且，我还遇到身穿和服逛着让你拍照的“游客”！看来，我的猜想可以坐实了。

艳遇其实是“被艳遇”，但于游客却有益而无损。真想看艺伎表演的，大可以买票进场，那里绝对艺真价实。路上的游客要看的就是艺伎那身妆扮，这妆扮就为你特意安排巡演了，还 free 呢！京都一游，大饱眼福，心满意足，还可以记录下来，回家炫耀。炫耀本身无形中又替京都做了广告，东家想的就是巧钓人气，愿者上钩，皆大欢喜。

合谋或者不谋而合，结局都是皆大欢喜：艳遇与“被艳遇”一体，艳者与遇者双赢。

精致之过

精致本来是人性中非常可贵的一种品质，不过再好的品质也不能过分，如果真的求精及致，很可能又是对人性的一种约束，甚至桎梏。

日本的精致是出了名的。在旅游景区，通常都为游人设计好了最佳游览线路，按照这个线路走，保证能把该到之处都走到。在京都永观堂，有一处景点叫“水琴窟”，游人只消将一小竹筒泉水浇入石窟中，便可听到一段美妙的琴曲。最为精致的景点，恐怕应该是京都的“枯山水”了：不大的庭院，绝妙的构思，无限的自然。压根儿没有一丝一毫真山真水，平地起意，却道尽了山水，禅中极品。

京都旅游，好些处是需要脱鞋才能进入的景区。在南禅寺，卫生间还为游人备了拖鞋。惊叹的不止是我自己，那天恰好撞见一位欧美女游客，瞥见此景亦觉着有趣，端着照相机专门对着厕所门帘里的拖鞋大拍一气。

也不光是旅游区这么精致，平常人家的居屋同样如此。如果稍微留意，就可以看到屋顶用薄竹片做成的“瓦”，精美别致。还可以看到苫草跟瓦对接的屋顶，煞是齐整。水渠的排水口，周边用竹篦子隔出一小块，防止杂物堵塞。山水沟到了渠边，不是一排了之，而是专门架一个小水槽越过水渠，引到专门的排水道去……

生活在如此精致的环境中，秩序井然，不确定性少，感觉当然不错。比如游览景区按照规定线路走，节省时间和精力，就免除了探索的消耗。

然而，过于精致，人可能容易退化。比如总是吃细粮，人的牙齿咬合及胃肠蠕动少，消化功能就可能减弱。就像石磨，沟槽太细，就不能用来磨粗东西。就像高档车，哪怕加满了低标准汽油，发动机仍然打不着火。人总在精致的环境中，处处是规定好的动作，如同机械传动一般，就可能过于压抑，人性释放的需要反而更加强烈。

为什么日本人在正式宴会后还会有保留节目：好友还会相约去“二酒”、“三酒”？为什么西装革履的绅士沾了酒会颠狂，不醉不休？平时过于听话守纪律，把人憋坏了，非得有个情绪排泄出口不成。有了酒为媒，借酒盖脸，个性解放便有了充足的理由，可以把人性中粗犷的那一面、野性的那一面、狂放的那一面尽兴地表现出来。一次次心理的释放性调整，便是对精致的反动和补充。

想想国人可能也有类似的精致，不过须加进物质生活水平限制的因素，就成了过日子仔细。仔细是短缺所逼迫出来的，跟精致相比差着层次，也缺少内化的功夫。

记得大学读书期间到一位老师家串门儿，他正在缝衣服——是把扣子缝在衣服里。我看着缝法不大对头，就问：没破为啥缝呢？他的回答是：要放洗衣机里洗，怕扣子磨损洗衣机，所以得把扣子缝起来。听到这个解释，我半天没反过味儿来。用洗衣机本来是解放自己的，这倒好，平填了个累赘，又何苦呢。原本小事一桩，可总会让我记起，每每摇头。有一次又想起竟然得出六个字的感叹：

“仔细折磨自己”！

日本居所里的"拉门"

到京都的“二条城”参观，在王宫里看到那么多“拉门”，又勾起了对自家居所和门的回忆和感慨。

居所是家的物质表现，是主人生命和财产的庇护所。有了牢固的居所，得以形成必要的私密空间，主人就可以抵御自然界和敌人对自己和家属的侵害，就可以安然入睡，放心地休息。不过再坚固的居所也不能四壁铁墙，人毕竟还得与外界打交道。人得进出居所，这样居所就必需有门。

门是方便人们进出居所的口子，不过同时它仍然是墙的一个构件，和墙一样得用来确定财产归属的界限，所以门的防护作用并没有改变。哪怕只有一道破门帘，它也与大铁门一样，是在宣示着主人的权力。

早在十八世纪中叶，英国的首相威廉·皮特就指出：“即使是最穷的人，在他的小屋里也敢于对抗国王的权威。屋子可能很破旧，屋顶可能摇摇欲坠；风可以吹进这所房子，雨可以打进这所房子，但是国王不能踏进这所房子，他的千军万马也不敢跨过这间破房子的门槛。”“风能进，雨能进，国王不能进”，这一代表平民财产权主张的宣言流传到全世界，它道出了一个基本常识：公权力和私权力应该有明确的界限，必须恪守“井水不犯河水”的原则。当然，不是说公权力绝对不能进入私领域。公权力进入私领域有一个基本前提，那就是“非请莫入”。

德国有个磨坊拆建的故事应该是这一原则的经典阐释。德国威廉一世在位期间，家臣为扩建皇家庄园曾强拆邻居的磨坊，身为平民的磨坊主居然敢把皇帝告到法院，而德国法院居然敢判决本国最高统治者败诉。威廉一世居然尊重法院裁决，又为原告重建磨坊。这种对私权力的尊重实在令人敬佩，而更令人叫绝的是威廉一世的豁达。后来磨坊主家经营不善，被迫出售祖产，磨坊又面临着被拆的危机。威廉一世闻讯，主动代磨坊主家还债，以保留磨坊，意在纪念司法公正。这种对法律的尊重，更是稀有。

当然，并不是所有人都尊重人家的权利。时至今日，民主浪潮如此高涨，也还会有其席卷不到之处。环顾全球，为自己利益而破门而入的还大有人在，所以，门还是坚固密实为好。要是从这个角度来评价门，那日本居所的“拉门”就很成问题。

“拉门”是木制的，手指粗的木条做成门的框架，框架里用稍细一点的木条支撑，横竖交叉构成一个个约为手掌大小的格子。再用厚纸糊在木框两面，“拉门”就齐了。“拉门”安装在一个大木门框里，大木框的地面那木条上有凹槽，“拉门”就在木槽里开合，灵巧方便。

“拉门”最大的问题就是私密性太差。

我曾在抚顺的日式民居住过好长时间，对“拉门”可是记忆深刻。那时住房紧张，原来日本人一家住的居室，中国人却得住两家人，以至于在抚顺有个特别的说法：“同居”。两家之间的“拉门”总不能乱开，于是改成了苇条抹白灰的薄墙。可别的“拉门”都还留着，隔音效果自然极差。“同居”家的收音机一开，另一边可就省事儿了，完全可以共享“时代的最强音”——毛主席的“最高指示”。但如果一家吵架，另一家想不听战都不成。记得有两家“同居”不和，在“文化大革命”大揭发大批判中，其中一家举报另一家“偷听敌台”，被揭这家反驳：那你家也听了，要不你咋知道的……闹得满城风雨。不能说全是拉门惹的祸，至少这种“同居”方式使得邻里冲突特别“便利”。其实，这种房子就是一家人自己住也有问题，父母和孩子之间总有不方便听的事儿，更甭说三代同室了。

这次在京都“二条城”，皇城之所在，却再一次感受到了“拉门”之弊。那么大的房间，那么多“拉门”，好处可能是去哪里都方便，坏处是在房间里无所依靠。幽暗的光线，更添加了神秘的气氛。说不定哪扇门啥时候会被拉开，好像没有什么私密空间可言。在这样的房间里怎么能够安然？居所的最大功能在于保卫安全，舍此根本，再豪华又有什么意思呢？

可能正是因为这一缺点，在“二条城”又有所谓“夜莺地板”一说。在要紧的通道，地板特设特制，一有人踏上就吱吱作响，如夜莺唱歌。躺在地板的“榻榻米”（日式草垫）上，主人很容易听到动静。设此机关，用心可谓良苦，恐怕也是一种安全防护上的无奈。

游客到此都得脱鞋，光脚走在“二条城”皇宫的地板上，我还觉得，这种带“拉门”的居室，是特别欺客的。居所除了主人家居住，还用来接待宾客。然而这种房间让客人住，人家绝对不会有宾至如归的感觉。主客之间对房子的信息不对称，“拉门”多，自由度大，主人加以利用的机会更多。客人恐怕不敢随意交谈，因为这墙几乎算不得墙，隔墙有耳的可能性太大。如果是鸿门宴上的客人，那腹背受敌之虑更甚，防不胜防，胆子再大恐怕也不敢闭眼睡觉。

现代社会，人们的私密空间意识越来越强，估计这种带“拉门”的居室不会遭人喜欢。日本的居所，曾经以“拉门”为主，考其原因，大概因为日本多地震，房屋多木制，少用砖石水泥，所以利用拉门的安全轻便，现在抗震建筑技术发达，日本城市也多西式房屋，拉门也该减少许多了吧？

"吾唯知足"

有个说法，要看中国的唐朝文化，得去日本，意思恐怕是那里唐朝的东西保留得比较完整。这个说法准不准，我没有能力去验证。不过两三天在京都走马观花，倒确实容易得出这个印象。在京都的西大寺，有专门保留下来的唐门，货真价实的绝版典藏。看上去特别厚重、也非常精美，给人以圆润的感觉。在“二条城”里，也有类似的唐门，甚至京都美术馆大门的建筑样式也保留了这一风格，活脱脱一个现代版的唐门。

中国文化的元素在京都确实四处可见，是不是都属于唐朝文化，我不敢乱说。在日本早年非常著名的一处引水渠附近，有一个题辞，叫做“波气都歌”，切景，大气，书法看着也舒服。在南禅寺的一个茶室，墙上挂着一个条幅：“泉声说法”。只见窗外山石嶙峋，泉水滴响，草木幽深，好一派禅意。

然而最令人叫绝的，我以为该是龙安寺。

龙安寺有两大看点，一是庭院里的“枯山水”，再一是屋后的“一口井”。“枯山水”是日本的一种别致的艺术形式，区区庭院里山水全无，却能充分展示山水的无限内涵，当然诱人。可“一口井”又有什么好看的呢？莫不因为它表现了天圆地方的含义？然而哪一口井不是这样呢？

龙安寺里的这口井比别的井更为讲究，在于那井口边上刻有四个汉字。对着游人，井口上方是“五”字，右边是“佳”字，左边是“矢”字，井口下方则是篆体的“止”字。

“五”、“矢”、“佳”和篆体之“止”连在一起又代表了什么？乍一看莫名其妙。却原来，这四个字都需要借用这口井的井口，要借用实物——那个没写出来却实际存在着的“口”字：“五”下加“口”成为“吾”字，“佳”左加“口”成为“唯”字，“矢”右加“口”成为“知”字，篆体之“止”上加“口”成为今天的“足”字，四个字连在一起，就有意思了：“吾唯知足”。

这口井位于屋后廊道的下边，内行的游人到这块都会停下来专门观赏，井旁也竖起牌子专门说明其妙。我在廊上廊下拍了好多张井的照片，驻足好一阵，品味“吾唯知足”的意思。

这井的设计者和建造者选用了四个汉字，这四个字的构成中都有“口”字，且其中的“口”字恰好分布于四个字的下左右上。这四个字组词禅意十足，耐人寻味，而这口井妙就妙在其表现形式也同样耐人寻味。它并不直接告诉你其内涵，而要你去感悟，去琢磨。形式与内容能在禅意的高度得到统一，这便是龙安寺这口井的奇妙所在吧？

大概是由于年代久远的磨损，或者只是光线照射的原因，井口边这篆体的“止“字在照片里认不大清。我因之而推想：人之立足不易。外界竞争往往不容你立足，如果自己心里只有我，“唯”“吾”，或者只知道自己，“唯”“知”“吾”，不知道外界，就不会“知”“足”，也不易立足，飘飘然也。

那天旅游后返回京都城，乘坐206路公交汽车。特别巧的是，车上标明驾驶员的名字是“足立则昭”。瞥见这个名字，我不由眼睛一亮，脑子一下子又浮现出这口独特的井。看来老天爷怕我领悟不深，特意再次提醒我呢！

当然，龙安寺这口井的看点根基于中国文化。如果是欧美游客，对中国文化不甚了了，那就只剩“枯山水”一项可看了。至于能不能从无中领会到“山水之大有”，又从中能领会多少，就看他们与禅的缘分和悟性了。

大连文化中的被殖民色彩

好多人，包括一些大连人，都说大连没啥文化。有的学者遗憾地说，在大连想找个人讨论点比较严肃的问题都挺难的。还有的直接道出不满：到你们大连的茶馆坐坐，就能发现：静静聊天的少，旁边屋子呼号乱喊的，净是打扑克的。如此等等，我觉得此说有它的道理，但又有不大准确之处。

其实，大连还是有文化的。大连肯定有为数不少严肃的文化人，孜孜不倦地埋头研究深刻的文化问题。不过，这部分文化人的存在还不足以改变大连文化的总体指向：大连文化恐怕是以浅表性文化为主。

文化是多元的，多层次的，浅表性文化同样是诸文化构成中不可或缺的部分。浅表性文化主热闹，忌深沉，大众的文娱、体育活动往往与此相关。

大连人爱好文娱和体育，群众基础雄厚，文娱和体育人才济济，也出了不少明星和大腕儿。大连人刘长春早在 1932 年曾代表国人第一次参加了于美国洛杉矶举办的第十届奥运会，被载入史册，国人引以为骄傲。1933 年刘长春在全国第五次运动会上以 10 秒 7 的成绩打破全国百米短跑记录，并保持 5 年之久。像二十世纪八十年代的“亚洲飞人”邹振先、国脚李富胜、歌星范琳琳，还有近年来大红大紫的《星光大道》主持人毕福剑“毕姥爷”。大连是足球城，多年的全国足球老大，这些年战绩不佳，可还在为全国各地的球队输送足球苗子。除了“大杨”集团，大连倒没创出什么服装大品牌，可大连服装节连续十多年成为全国性盛典。

是不是大连经济基础好，使得大连人饱暖之后思文体？有这个因素，可也不尽然。在大连曾经有个说法，叫“苞米面的肚子，的确良的裤子”。“文化大革命”中化纤产品在国内刚刚问世，特别受国人宠爱，在大连其地位则更是超出一筹。对好多大连人来说，哪怕是在家里整天吃苞米面，也必得有条裤线笔挺的的确良裤子穿出去。有点经济条件，首先要解决的是面子问题，肚子问题倒可以居其次。

中国人都好面子，可大连人更胜一筹，为啥？我想这跟日本人在大连四十多年的“本土化”统治有关。日本兵在中国烧杀抢掠，主要是在关内，对东北，特别是对大连，他们还是另眼看待的。

日本人把所谓“满洲”当成本土，对“满洲”有长期打算。大连是日本人最先占领的，被命名为“关东州”，属日本的一个州，所以对大连的怀柔政策也就最为优惠。不过政治就是政治，再优惠也得有个限度。既然要建设大和民族的皇道乐土，当然不能让中国人再深入学习和研究国学，就是西方的先进思想文化也不能让中国老百姓多接触。顺民不能有思想，但还得有些文化，不然配不上“皇道乐土”和“大东亚共荣圈”的说辞。于是就只能允许被殖民者在浅表性文化上发扬光大，这样既没有波及政治的危险，还有歌舞升平的基础。让老百姓乐，且乐到不思蜀的份儿上，对统治者来说是很划算的。

对大连的老百姓来说，本土化统治，就像是在主子的深宅大院里生活。做仆役，累和苦仍然免不了，但基本的生存需求还是有保证的，平常日子好于“化外”的流民。他们就生活在主人眼皮子底下，容易知道如何去娱乐和运动。而且，搞文体是比较安全的，没有反满抗日之嫌，同时搞文体也是容易让人陶醉的，此道可有此乐，那就照这个道乐下去吧。

日本人生活对大连人影响是相当深刻的。现在开了不少“日本料理”店，其建筑、装修样式与风格仍沿用日式，席座铺着“榻榻米”（草垫子），食客席地而坐，餐台上摆放着精美的茶道专用的瓷器，女侍者穿着和服为你服务……

徜徉在大连和旅顺街头，你有时会看到博物馆、图书馆、植物园、动物园、“西公园”和“北公园”的旧迹。离城稍远处还有龙王塘等“大连八景”，龙王塘每到五月樱花盛开，香气弥漫，游人如织。有一首游记诗说：

樱花翩翩落，流红逐逝波。

不弹倭寇曲，但喜太平歌。

字里行间透露出一个沧桑历者的心声。

大连有多处海水浴场，星海公园、老虎滩、傅家庄、夏家河子等，都是第二次世界大战前日本人开辟的。城区重要建筑物多是日式的、俄式的。著名的海港、军港至今仍在使用，另有可供参观的日俄战争战壕旧址、日本关东军司令部、旅顺监狱、各种纪念塔等。如果你愿意寻访历史掌故，还可以看看溥仪和川岛芳子的住所，还可能遇到郑孝胥的遗墨。至于那些日本人的高尔夫球场、棒球场、跑马场、歌舞伎院，恐怕早已烟消云散旧迹难寻了吧。

四十多年的这些历史遗迹，会在不经意间掠过大连人的眼帘，留下复杂而微妙的文化印记，想避都避不开。

一个典型例证就是大连新媳妇回门的装束。二十世纪八十年代，在大连街头还可以欣赏到这一独特的风景。新媳妇一身大红的袄裤，胳膊上挽着大红包裹，款款而行，她脸上挂着雪白雪白的浓妆，和日本艺伎的面妆相差无几。而她的新郎，则是一身青料子衣裤，跟在旁边。记得是有一年靳羽西到大连来，专门教大连女性如何按欧美风格化妆，这种习俗才慢慢在街头失了踪影。

大连人好玩儿，但大连打扑克（“打滚子”）甚于打麻将，这恐怕也与日本人统治有些许的关系。麻将离赌博很近，在日本人治下，赌博也是不可公然成风的，而扑克则是一种不错的替代，其势头至今仍盛。

四十多年的被殖民，大连文化不可能什么都不发展，而发展又难免被殖民的色彩，这恐怕就是大连流行浅表性文化的主要成因。文化的影响需要长时期发酵生成，而其消除则需要更长的时日。尽管日本殖民已经过去六七十年了，可遗留的因素却还在顽固地发挥着作用。

抚顺话中曾经的"同居"

从二十世纪五十年代起，大约是到八十年代，约莫有三十多年的光景，在辽宁抚顺有一个比较特别的生活用语，这就是“同居”。

有那么一小部分抚顺人在一起聊天，好多时候会说到：“我们家同居如何如何”，“你们家同居怎样怎样”。若是外地人一旁听了，可能会相当地纳闷儿：“同居”怎么还会以“家”来论呢?

细说起来，这是当时抚顺特定居住环境下产生的一个特定用语。

日本人在统治抚顺时期，多集中居住在一起，一个被当地老百姓叫做“南北台”的地方。既然是台，地势就比周边高出一块儿，风水可能是上好的。也有人将之分称为“南台”和“北台”，其实这两个台紧挨着，只是一路之隔。

为日本人建造的房屋多是些二层小楼，通常住四户人家。每户三室或者四室，屋里都是地板地，高出墙外的地面，地板下各种管道沟通，墙根儿还开着几个一尺见方的通气孔。每家前后两个门儿，厨房、卫生间、仓房、浴室和门厅各有安排，煤气、暖气、上水、下水也一应俱全。据说是日本建筑学校学生的毕业设计，图纸拿过来就用，体量、品质和风格都差不太多。外人乍一看，还不大容易分开彼楼与此楼。

不单是室内布局达到了当时民居的现代化要求，整个居住环境也是很讲究的。小马路一条条，就便儿把那些日本小楼分割成一个个小区。每个“block”里差不多是四栋楼，两正一南一北，两厢一东一西，不封闭的“四合院”，有开有合。在小区里面，人家对绿化也是舍得地方真抓实干，灌木乔木高高低低的，给居者创造出惬意的休闲活动空间。

路和楼都是依“台”势而建，真是应了“错落有致”的说法。柏油大马路四通八达，路两边绿树成荫。最美的要数“柳树大街”，从哪一头上望过去都像个绿色隧道，到了二十世纪六十年代还遮天蔽日的，夏天在树下乘凉煞是舒服。南北台离商业区或者说闹市区有十多分钟的路程，不挨着却也不远，方便却不喧闹。

这么好的宜居之地，日本人却反盗为主，不许中国人进“南北台”，擅自闯入者以妨碍治安罪论处。当时的日本逻辑确实很强盗，在东北的中国人不可以吃大米，否则判你经济犯罪！一纸禁入令，除了干活的修理工，那么多抚顺人竟然不得睹“南北台”的芳容。

风水流转，人间沧桑。“八一五”光复后，在“南北台”的日本安居者跑了个溜干净，这么好的房子都空了出来。空着也就那么空着，老百姓并不敢随便闯进去住。

倒是在辽沈战役之后，东北成了后方，共产党坐稳了抚顺，开始动员百姓往南北台搬家。开始只是胆大的妄为，看着人家住了一阵子没事儿，大拨人潮就往里涌。很快房子就分光了，后来的没地儿住，怎么办？很简单，既然是共产，那就两家住一套吧！

四室的好办，两家均分。三室的也不难，人多的住两间，人少的住一间。比起棚户房，已经是天壤之别啦，翻身解放高兴着呢，两家住一套又算什么？条件好了再说呗！于是两户人家共同居住在原先日本人的一套房子，彼此之间就称呼为“同居”。

哪曾想，这一凑合，就延续了三十来年，不以为苦。尽管好多人家是这种同居方式，“南北台”仍然是抚顺最受羡慕的居住地，外边的姑娘以嫁到南北台为荣。那时物质生活水平比较低下，民风也淳朴，这“同居”的方式居然行得通，而且可持续。

改革开放后，人的脑筋活了。就在南北台搞“插建楼”，把原来的绿化“空”地给占得差不多，楼挤楼。再后来，干脆就把日本人的二层小楼扒了，密密麻麻新建六七层的单元楼。这下子，人们不用再跟别的人家“同居”了，家家有了独立的居所，可原来南北台优美的居住环境也不复存在，不知道是不是因为人多地少。

如今，“同居”一词早已被时光抛在了后边，或者它没有走远，只是藏匿在我们这些“曾经者”的记忆深处？好像是这样，因为偶尔地它会跑出来，牵动你那因沉重而脆弱的神经。

低价旅游价更高

东西便宜谁都喜欢，可便宜一定好么？未必。就说这旅游团费吧，就得看怎么个算法。

好多人旅游是到自己不熟悉的地方去游玩，时间有限，人生地不熟，很可能把时间都耗在了道上：寻找旅馆、饭馆，当然还有景区。这样一来，旅行公司就应运而生。打包服务可以把供求衔接起来：一方面他们把旅行目的相同或相似的游客组织起来，另一方面他们利用团体优势可以订到更便宜的旅店、饭店、机票、车票和景区门票，利用专业优势把旅游项目安排得更合理。有了中介，游客可享受到旅程安排的服务，省事儿又省钱，自然欣然前往。旅行公司游客盈门，逮到了很好的商机。

看到旅游服务好赚，参与竞争的人就会增加，于是旅行公司遍地开花，招揽游客的花样也越来越多。不过目前最基本的法子还是靠“多景点+低价位”的组合，所谓特色项目迭出，千方百计拉高所谓的性价比，引你上钩。

像什么“9日10国游”，如此等等。咋一看很划算，实际上这种雷人的设计与国人所处的消费阶段有关。吃饱了喝足了，国人就开始惦记出去转转。初期的旅游往往是“跑马观花”式的：我去过了多少个景点或国家，以量取胜。所到之处无论如何也得给自己拍个照，留下“到此一游”的证明，回家可以炫耀。南征北战，急三火四，蜻蜓点水，点到为止。如此这般赶场正好比孙悟空，一个跟斗翻了十万八千里，在如来佛手掌里撒了一泡尿，就往回折。细一核计，其实很有些吃亏：一定时间里的旅游，去的景点越多，用在路上的时间就越多，真正用在景点上的时间就越少。

为了揽客，旅行公司之间恶性竞争，纷纷给出所谓“低团费”甚至“零团费”的格外优惠。天上掉馅饼，参团者满心欢喜，蜂拥而至。可组织旅游并不是搞慈善，哪有旅行公司倒贴钱陪你玩的？份内损失份外补，总得在哪儿找补回来，购物安排便是顺理成章的：纪念品、土特产、打折商品、礼品，哪一样能不买？游购游购，游离不开购！

好多人知道行程中肯定有购物安排，打定主意到时候不掏腰包即可，糖衣吞下去，炮弹吐出来，自以为还是捡了便宜。其实，这种对策只是注意保护了自己的钱口袋，忘了耗在购物点上的时间也是自己的。很有限的旅游时间，花在购物点和来回路途那么多，不也是自己的损失么？好多人忘了自己的时间支出，忘记了自己时间的机会成本，实际上是看低了自己，就是认为自己的时间（其实是生命长度）不值钱。

旅游公司提供服务是有成本的，“够本儿”是人家接待游客的底线。拿不到游客的钱，就得想办法从商家那里拿回扣。有的导游甚至连工资都没有，全靠回扣过活，所以软磨硬泡怎么也得把游客往折扣店里送。折扣店同样不是做慈善的，他们必须给旅游公司回扣，按进场的人头给，你不买货他也得给！想想这钱不得从游客的腰包里出么？一进了低价团，游客立马就理亏了，客观上就成了弱势群体，有时在黑店里真像那等待挨宰的羔羊。游客在当地只停留那么丁点时间，哪里有功夫搞清市场行情？哪里有本事辨别真伪？多数只能听从导购的巧舌如簧天花乱坠。心肠硬的楞是不买东西，断了人家的财路，坏了潜规则，导游开骂也是被心底火憋的。

老百姓平日里总结过买东西的俗语："一分钱一分货"，"便宜没好货，好货不便宜"，都有其道理在。我们光高兴在免费旅游之中，脑子一热古训就全忘没了。岂不知，"低团费"和"零团费"也不是没有代价，代价就是"代之以价"：去非所地，时非所用，购非所需等等都是价的替代。现金付出的价低了，非现金付出的价上去了，低价旅游价更高，就是这么回事儿。

随着经济和社会的发展，游客也应该开始旅游的升级转型：更加在意旅游的真正目的和自己的时间，认真看待和选择旅行方案，注意提防低价陷阱。如果切实看重自己的宝贵光阴，那就该选择"深度游"的所谓"豪华团"，或者专组小团出游，主动"提高"旅行服务价格，提出无购物的行程要求。当然旅游也不是绝对排斥购物，好多地方确有值得购买之物。如果既能饱览风光，又能选购心仪之物，那更是两全其美。不过那得事先做功课，自己提出想去的商家，而不是跟着到那些专宰游客的"折扣店"去。

仍然坚持捡便宜，既要出游又想省钱，那就得忍受"植入式"

的购物安排，低价低质。价格价格，无“价”哪里来的“格”？不过吃过亏，就可以长见识了。游客逐步成熟，就会增加与旅游公司讨价还价的能力。游客和旅游公司双方博弈的结果，将是游客市场的细分，不同的游客参加不同的旅游项目，各得其所。到底价格高低，心里得有杆比较准的秤。

天有不测流控？

天有不测风云，谁都知道。这里的问题：天有不测流控，是也不是？

昨天网上有人爆料：机上被流控，闲着翻看《人物》，封面是郭敬明。文章中他提到给韩红写歌时，赶不上回沪的飞机。韩红一个电话，飞机延迟起飞，等他登机。忍不住联想，全国比韩红能量大的权贵名流又有多少。普通人连自己的时间都守不住。

韩红的回应是：什么情况啊!! 我什么时候有这个本事啊！我自己天天惨遭飞机延误啊！我只是让助理提前到机场帮小四换好机票而已！拜托啦！我的爷爷奶奶祖宗们!

郭敬明本人在2009年博客中曾提到过那段经历，版本是这样的："我那天飞机要迟到了，韩红姐拉着我在车里听歌，她说，没事儿，我来搞定。于是她打了个电话'我这里有个小弟，等下你先把他的登机牌换出来，然后安排他走特别VIP通道……'"。

有网友攻击原发文者断章取义、吸引眼球；也有人认为，特权人物的特权确实存在，并深受其害。

在我脑海中，韩红应该是被冤枉的。那么深情唱《天路》的人，不会霸着飞机不让起飞。问题是，我们到底有没有这种因“贵人”而发生的流控呢？不知道是不是巧合，居然微博里又看到两则帖子，都与此有关。

一博主说：周一北京回来，就因我后一排的人认识塔台——起飞调配的主管，飞机只延误了1小时。听到乘务长非常感激对他说：你真是我们的救星啊，要是没你我们还不晓得会排到哪个时候！还有一次首都机场T3航站楼乌云压顶，但飞机从推出到起飞共15分钟，因为领导在头等舱。

中青报的曹林也爆自己的经历：昨晚被闷在机舱里时，焦躁地问空姐何时可以起飞，空姐说没有时间表，她加了一句：当然了，如果你在塔台那边有关系、有认识的人的话，求你打个电话，我们就可以提前起飞了……我去，莫非这是航空业潜规则？

或许这事儿中彩成为时髦话题了？早上我溜了一眼帖子下面的统计，已经有了598条评论，4076条转发。网上活动我不大在行，不知这算不算热帖。

浏览一下这些跟帖，多数认为存在这种飞机插队的情况。有的还晒出了自己的此种经历，作为佐证。有时碰到机长跟机场的关系比较铁，有的空姐会用这个来安慰乘客，甚至会炫耀这个优势。有的恰巧同机有要客，或乘客中有关系户，一个电话办妥，原本漫长无时无晌的等待大大缩短。若是碰上待飞的飞机太多，有的机组人员居然会询问有没有乘客与塔台熟悉，插队成功后更是感谢要客或关系户。要客当然比较低调，至于内心里他们会不会因此骄傲，那就不知道了——

惠已及人，应该没什么不适吧。也有关系户得意地对满机舱乘客说：你们都得感谢我！是啊，十年修得同船渡，这可不单是同渡，居然还有运气沾他的光。还有人能让领导所乘飞机提前起飞，关键时刻冲得上去，他们很是为此自豪，能力超人啊。有位网友提到，一次机上等待两个小时后，机长在广播里暗示乘客投诉机场。另有人则指出，小航空公司在排队待飞上容易吃亏。凡此种种，都指向了机场流控的不确定性，不在天意，而是塔台指挥员的自由裁量。

似乎比较熟悉内情的也有，帖子里告知我们：目前北京、上海、广州、成都，管制员已无权调配航班，找关系放行已成过去时。有人不盲目跟风而显得比较理性，此君出言慎重：请博主更加了解民航运行模式后，有机会碰到民航局官员再提出有建设性的意见，这种小概率事件不是目前大范围延误的根本原因。当然，还有些网友不大相信会发生这种颠来倒去的事儿。

我被弄得晕头，根本搞不清这种飞机插队的事儿有，还是没有。不过，有没有并不是重点所在。可以或者值得思考的是：如果它确实存在的话，我们应该怎么看？又应该怎么办？

有的把“不当流控”的责任归结于政治：“只要官员腐败，就没有净土，当然，也没有净天。”而大多数则把它认定为社会的通病。有网友公开自己的羡慕嫉妒恨：“为毛我坐的时候同机舱就没有认识塔台那边的人呢!!!”

多数认定这是民航业的潜规则，可也有人高看一眼：“这是明规则。”一点都不感到奇怪！“你有关系么?”这句话在中国已经深入人心、无孔不入。在中国，人人都在找关系，人人都希望有可利用的关系，人人也都希望在某个时刻用上可以利用的关系。熟人好办事啊。从产业大佬到政府官员、再到平民百姓，人人都是关系中人啊！这就是关系社会，想想自己平时是怎么做的就万事明了。谁敢说自己没有走过后门，自己没托朋友办过事啊？有什么大惊小怪的。都是人，都有自己的朋友。

明明其行为不然，大家却都不以为不然，这才是最可怕的。因为“劣币驱除良币”——经济学归纳的一种逆淘汰现象，大多数人会被不由自主地挟持，顺着往下出溜。看来，没有什么局外人，“匹夫有责”这话还可以从这个角度来理解。

有人会觉得此事压根儿不值得讨论。现在社会这么多的大问题，悬悬乎乎，出生入死的，危险着呢，飞机起飞时插个队又算什么呢？垃圾堆上吐口痰，还能是毛病？

是啊，国人素有关心国家大事的习惯，讲政治嘛。都想着去解决大问题，不屑于解决小问题；都想着通过革命一举除弊，不愿意通过改良慢慢地让社会净化；都想着迈开大跃进的步伐，不喜欢放慢脚步调整，可持续地前行。本来中国饮食文化中吃米饭是讲究积少成多的，现在开放却总想一口吃个胖子。一头是：大问题难以解决，革命得牺牲，大跃进太累。再一头是：解决小问题不带劲儿，改良名声不大好，小脚倒蹬形象又太差。中国到底该怎么办？

大家都乱挤时，你甘于排队就等于放弃机会。大家都走后门时，你走前门就等于不想进门。可是内心还存着善念，动辄去乱挤去开后门，于心不忍。“走他人的路，让他人无路可走”，说起来潇洒还带着俏皮，可真的做起来难道不是欠着良心债么？出来混，总是要还的，胆敢欠那么多债吗？在世为人，必须脚踏实地，可这“实地”并不是净土，你究竟踏不踏？再想想，“普通人连自己的时间都守不住”，哎呀呀，中国人到底该怎么办？

想来想去，没有什么现成答案。似乎也是个“流控”问题：做什么，不做什么，先做什么，后做什么，行为底线到底放在哪里？你本人就亲自坐在塔台上呢。你在现场。

安检摆队小议

早些年，乘飞机在中国可以说是一种“贵族”待遇。机票跟火车票比真就是天价，让普通百姓直咂舌头。记得我第一次乘飞机是在1986年，当时从大连到北京的普通票是49元，而头等舱得花70多元，现在看着便宜，可当时我大学毕业后一个月的工钱只有50多，还买不起这一纸机票。

价钱贵不说，还须资格认证。只是公家人中的上等人才可以坐，得有单位介绍信才能买到票，一种特权。我当时不过刚留校的一个青年教师，原本没有资格去琢磨坐飞机的事儿。因为国务院核算办钦点我的硕士导师刘长新教授，到北京“会议”国民核算改革方案，可他身体不大好，必须有专人陪同，我才有幸提早尝到了坐飞机的滋味。这借来的“光”就连系里我的老师都很羡慕。

那时的短缺已被高速增长盖过了，但历史包袱并不都是“俱往矣”，而且还会有新的问题产生。

经济一发展，对人的种种限制就陆陆续续被打破。到了二十一世纪，坐飞机的人大大增加，偌大的航站楼也总有人满为患的感觉。能够被“捷运”，当然是好事情。不过乘客一多，出行高峰期机场就像农贸集市一样热闹，安检可就费时费事儿了。

可能是原来乘客的“贵族”传统所致，到机场进安检口没有乱挤的，都老老实实地排队。既有排队，就有机场怎么摆队的问题。队伍的设计，一个似乎很小的问题。

留心一下，你会发现，不同机场安检队伍的摆法有所不同：有的机场是“一队一口”，有的则是“一队多口”。为什么会有此差别？哪个摆法比较好？它们后面跟着的管理理念是什么？这些问题，在队伍里等着的时候，倒可以琢磨琢磨。

资源有限，就得靠相对好的分配方法。人多口子少，通常来说最公平的办法是力求“先到先进”。多开口子，自然是要减少乘客的等待时间。如果“一队一口”，那势必有队与队之间的长短和快慢的差别。对乘客来说，办好登机牌先就碰到了一个选择排哪个队的问题。如果“一队多口”，到了差不多的时候再分口稍等，就省去了站队的选择。

“一队多口”的摆队法也会让机场安检工作调度更主动。有时机场需要根据乘客的多少相应地增加或减少安检口。安检口增了，恰巧在附近的乘客就得了“先机”或“地利”，几个人幸运，但有时旁边的队伍会混乱一小阵儿，可能坏了“先到先进”的规矩。而减少安检口，则得有机场工作人员专门跟乘客作说明——某个队别再排了，搞不清楚的乘客或许还会白耽误工夫。“一队多口”的摆法就不存在这种问题，乘客和检方都省心省事儿。

好像国外的机场和国内的大机场采用“一队多口”摆法的比较

多，而国内小机场则多采用“一队一口”的摆法，这可能与乘客流量多少有关，也可能与管理理念和机制预先设计有关。

国人的时间还不那么值钱，国人对如何摆队和排队也不那么在意，这两种摆队方式在好多国人看来差不多，讨论此事或许纯属吃饱了撑的。

可我想的是，纵向看，先祖有“勿以善小而不为”的古训。横向看发达国家，即便需要排队的场合不多，可排队仍然是关乎社会秩序和公民素质的大事。他们自认为人格高贵，讲究排队也是其中非常重要的一条。

国人的时间会越来越值钱的，摆好队，让乘客省心省时，这不难做到，对建设和谐社会是举手之劳。让乘客减少排队时间，还意味着多一些时间在候机厅里休息或消费，会是双赢的格局，不知道，机场管理者是不是在意呢？

西塘、东栅比西栅

在浙江作水乡古镇游，该去西塘、东栅，还是该去西栅？在我看来，这成了一个问题。

西塘在嘉善县北，东栅、西栅都是乌镇的一部分，在桐乡市北面，两个景区有申嘉湖高速相连，离得并不远。原来人们游乌镇主要奔着东栅，那里的历史人文内容更为丰富，比如茅盾故居什么的。后来经过专门的旅游投资开发，西栅又抓着好多观光客到彼一游。于是在十多个江南著名古镇中，西栅作为水乡谱系中的新秀而格外耀眼。

问题在于，作为江南水乡古镇，哪一个更具代表性呢？如果只能选一个游，该选哪一个呢？学着鸟叔发飙：那个更具江南古镇 style？

我是西塘、东栅、西栅都去过的，而且是游过此镇游彼镇，也正因为这个缘由，更突出地感受到它们同为江南水乡古镇的差别，让我生出疑惑来。

对照看来，西塘更为原生态，野味更足一些。当然作为旅游景区，哪里都免不了会有专门的人工处理，不过西塘的人为改动似乎不大。西塘建有专门的旅店，镇里也有不少民居可住，那里原本就是西塘人的家，腾出来挣游人的钱，也让你实地体验古镇百姓依水而居的味道。西塘的地理位置距大都市远一些，本身体量也小，所受近代化和现代化的冲击也就少一些。可同时带来的问题就是，脏一些，乱一些，看着也就差一些。不过作此评价指的是两年前的时态，不知道开发到了今天，是不是已然日新月异？

西栅那时就很干净，很整齐，景区足够大，虽游人拥至，分散在各处倒也显不出特别的喧闹，少数景点除外。如果说东栅主要是在原古镇基础上加上了人工的修理，那么西栅则主要是在人工建造中加上了古镇的样子，走仿制古家具“做旧”的路子。在西栅当然也有民居可住，不过这民居是专门为游人新建的，仿照了古民居的式样，实则是旅店化的经营和管理。这里没有古镇人相邻而居的味道，到了夜里古镇“居民”就下班了，剩下的只是游客自己。大而空旷，不像是小镇的人气氛围。西栅里头也有不少家庭饭馆，不过菜品和价格都是统一定制的。显然，这是一个经过现代旅游包装设计的江南水乡新镇，就连水道都笔直、宽阔、划一，它朝着现代国际旅游接轨，可就是美好得略显奢华，少了野趣，失了质朴。虽也地处江南水乡，但跟原汁原味的古镇总像是隔着一层。

那天夜宿西栅，我呆呆地站在水边，半天回不过神来。如果外国人甚至中国外乡人，只到了西栅就把它作为江南水乡古镇的正宗，你心里会是什么滋味？西栅到底是水乡古镇的真品，还是仿真的极品？会不会有人把它看成赝品？到西栅，我们就是到了水乡古镇么？这里究竟是“幻境”，还是“实景”？

在西栅，我们实际上面对着江南水乡古镇的认识论困惑：这里历史和现代交融，中国和世界打通，人工和自然共处，主观和客观不分，真实和虚幻难辨。到西栅作江南水乡古镇游，我们到底是在团购仿真品，还是在共谋造假，尽管假冒并不一定伪劣。

我知道，即使我的问题成立，答案也不会统一，不同的人会给出不同的解。当然，更多的人没有时间设问并作答，甚至他们不屑于思考这类傻问题。

我自己楞了半天，还是找不到答案。或许，西塘、东栅、西栅，还有与之相邻的周庄、同里、角（读音同“鹿”，谨注）直、南浔、木渎等等，每一个古镇的存在都有其历史真实性，都是浩瀚时空中的片段和部分。或许，西塘、东栅、西栅都可以是江南水乡古镇的代表，他们作为古镇代表并不具有唯一性。对不同的认识主体而言，它们都得到了各自认识的“逻辑强化”，不管是线性的，还是曲线的。

萝卜白菜，个人所爱。于是，拣到碗里就是菜，不是你的，可能是他的。

中国的地名与望文生义

中国毕竟是几千年的文明古国，做什么都得有个讲究。一个地方叫什么名字，更是大事情，马虎不得。因为这个讲究名正言顺的习惯，好多中国的地名都是有其来由的。

比如，有的省名就是由其辖区内重要州府的名字摘要而成。像甘肃就是甘州（今张掖市）和肃州（今酒泉市）之合称，安徽是安庆和徽州（今黄山市）之合称，江苏是江宁（今南京）和苏州之合称，福建是福州和建州（今建瓯市）的合称。

好多省区的名字更为直白，名实相应，一目了然。比如那些按照地理区位特点起名的省区：河南、河北是指其地域位于黄河的南北，湖南、湖北因其坐落于洞庭湖的南北而得名，山西、山东则是以太行山为准来标明两个省的区位。还有，浙江、黑龙江是因省内的主要河流而得名，陕西是指位于陕原的西边，云南是位于云山的南边，另一说是在彩云之南，更富有诗意。

起名字有讲究，我们就有规律可循，可以按图索骥找出其原由。名实相应，我们就可以顾名思义，一举中的。

顾名思义，字典的解释是从名称想到所包含的意义。在我看来，这是人们平时思考问题认识事物的一种快速反应方式。由名而实，由表及里，便捷，管用，所以受到人们的喜欢，日常生活中常用。

可顾名思义也会有马失前蹄的时候，弄不好就成了望文生义。光是顾名，有时会思到歧义，不那么可靠。

还是以地名为例，如果我们按照湖南、湖北等省名的原由来套裁，那江西省就该是因为位于江的西边而得名吧？可那又该是哪条江呢？赣江在江西省的中间一线贯穿南北，江西的东边也没有大江作界呀？

碰到这种时候，不仅望文生义的“望”不够，离得远了看不清，生不出义来。顾名思义的“顾”也不够，还得从历史演变中深究。

却原来，江西只是“江南西道”的简称，江西省名中的“江”指的竟然是长江，唐玄宗时就已经把江南的西部地区划作一个行政区。以后其边界增来减去，倒是江南西道这个名字比较顽固，变着法儿地保留了下来，却让我等绕乎一阵儿。

四川这个省名也有些麻烦，很容易因顾名思义而变成望文生义。四川是个盆地，水系丰富，境内主要有岷江、沱江、雅砻江、嘉陵江。“川”字的第一解是归流之水，此意先声夺人，好多反应快的人一看四川这个省名，马上就容易联想到这四条大河。

其实四川之名不是源自那四川。“川”字也可指平原大坝或浅丘地带，如敕勒川之川。历史记载，四川以益州、梓州、利州、夔州四路得名，合称“川峡四路”，简称“四川路”。省内恰好有四条大河但省名却不因此而得，顾名思义则偏，望文生义更错。

省区名称中最可能绕人的可能要数广东和广西了，这个“广”究竟是啥意思？我们省名中有湖、河的南北，有山之东西，习惯了这个命名思路，那“广”是指某座山，还是指某江、某河或某湖？看看岭南的自然地图，似乎都不是。

翻翻史料，这个“广”应该是指一座古城。汉武帝在今肇庆的“封开”设管辖岭南各郡的“交趾刺史部”，“封开”古称“广信”，取意“初开粤地宜广布恩信”。公元862年（唐懿宗咸通三年），岭南道划分为东、西两道。997年（宋太宗至道三年），“广南路”分为“广南东路”和“广南西路”，东路治所在广州，“广东”即“广南东路”的简称。西路治所在桂州（今桂林），“广西”即“广南西路”的简称。

广南是指“广信”之南，整个岭南地区。先横切一线划南北，再竖砍一刀分东西，于是有了两个省区。两广都在南国，名称中的同因素——“南”字自然可以省略。稍微深入一番找到依据，简称也就不会有啥歧解了。

我这小文是拿省区名字做个话引子，除此之外，生活中还有不少场合，既可以顾名思义，又不该望文生义。既要充分利用名实间的关系来认识事物，又要防止浅尝辄止误入歧途。

细想一下，深入探究的理由可能是以下几种。

生活中可能会遇到名实不符的情况。比如“打针”实际上是用针把药剂注射进人体，是用针打药的简说。一则小笑话说，孩子去医院的路上问妈妈，针犯了什么错，为什么要打针？这孩子把“打针”这个词儿跟“打人”类比，会误以为“针”要被打，哪里想到却是那针来打我？再比如男性起名字用“萍”、“梅”、“英”等女性常用字，而女性起名字用“刚”、“铁”等男性常用字，在这种情况下，顾名思义就容易南辕北辙，有时正好弄个满拧。民国年间，黑脸汉恽代英就曾当成女士被人追求，闹出一场尴尬来。

有的原来名实相符，但后来随着时代的变迁，实际情况变了，可大众仍然沿用原来的叫法，在所谓约定俗成中绕不出来，此种情况下再顾名思义，就容易受保守称呼的欺骗。比如，现在给小朋友唱“我在马路边捡到一分钱”，他们恐怕都会发懵。不光是一分钱太少，不入他们的法眼，主要是他们压根儿不知道“马路”在哪儿。即使知道的也可能纳闷儿，塞满汽车的地儿为啥叫“马路”呢？

也有的时候，事物本身变化不大，倒是名称本身在演变，或者被简化，使得名实分离，有了歧解的可能。上面所说江西和两广的例子，还有甘州、肃州、徽州、建州和江宁等地名，就属于这种情况，需要格外当心。

好多时候可能会有一名多义的情况，如果当事人只知其一，再由其名而定于某一义，那也可能跑偏。像四川省的名字就是一例，当然这个小误解对生活不会造成什么影响。诗经中有“七月流火”的说法，好多人误以为是讲七月天的燥热如火。其实，所流之“火”乃是一颗星的名字，并不是火热之意。“流”是说这颗星朝西方划下去。尤其是，这个“七月”是夏朝的，月历不同制，实际上是对应着我们的九月。这四个字说的是到了九月，火星朝西划走，天气转凉。我们不知其源，望文生义，就容易闹出笑话。

有的时候，对话者虽然用同一名称，但内心所指却是不同事物，对话时有如鸡同鸭讲，让对方如同身陷入迷雾之中。比如，汉学里有“小学”之说，国民教育中也有小学之阶段，此小学非彼小学，一个是高深学问，一个是基础教育，二者层次大有区别，望文生义就不成了。

二十世纪四十年代，国民党教育部下属编译馆就因此留下一桩公案。陈独秀先生于困病之中履约撰写《小学识字教本》，不料教育部长陈立夫担心书名引起歧义：“‘小学’二字不妥，容易和‘小学校’混淆。”本来好心，陈独秀却不买账：“陈立夫懂什么？‘小学’指声音训诂，说文考据，古来有之，两个字一个也不能改。”一个主事高官，一个学问大师，二陈各持己见，编译馆左右为难，最后只得油印50本，草草了事。国学遗产传承的一个巨大损失，彰显了望文生义的危害。

字典里把望文生义当做顾名思义的近义词，但我觉得二者还是相差不小。望文生义本身就已经是贬义的了，而顾名思义则还不一定。前者的“义”已经生成，可能蒙对，也可能乱猜，但过程告一段落。后者本身并没有结束的意思，“思”还可能朝着进一步探索的方向走，所以还不能断然否定它。

逛宜家一忧

我不大愿意逛商店，对宜家（IKEA）则是个例外。恐怕不独我如此，在宜家常看到一些男士手端着照相机，时不时拍上一张，一定是心有所动心有所喜，不然不至于如此大动干戈，又不是旅游逛景点。

宜家卖场满眼的生活用品，种类齐全，绝对可以做到“一站式”的服务。产品制作上的精心，让人用起来舒心。我太太特别喜欢宜家的碗碟，样式材质且不论，碗底光滑不刺手，摸着就知道是好产品。货品价钱也都能够接受，不至于把钱口袋掏得那么瘪。

很多人喜欢DIY，直接动手去打造生活。宜家有些产品就把零部件都为你预备好了。安装其实很简单，却满足了你的参与愿望，还有“亲自”之后带来的自豪感。宜家自己呢，节省了安装工序，巧思构造出一个多赢的格局。

宜家的设计理念新颖且实用。逛宜家时太太常感慨，人家那设计师真是在过日子啊。怎么你心里觉着需要什么，人家就拿出了什么。你还没想到的，人家已走在前边，帮你想到了，让你跟着走，跟着用就是了。

对于好多中国百姓来说，宜家不仅仅卖东西，更引导着一种新的生活方式。大到物品种类规格的结构，无形中实际是在帮助你建立一种井然的生活秩序。小到具体一款产品的设计，都别具匠心。譬如厨房用品，哪怕瓶罐盖子的密封和开启，哪怕一个挂钩，一个口袋夹子，都周到地为你考虑好。有你想不到的，没人家拿不出来的，“无微不至”这个词儿在这儿可以用上了。宜家教会你生活，并不是什么富贵奢华的生活，而是踮踮脚就能够得着的良品生活，我以为，宜家的这个示范作用意义更大。

逛宜家，一来二去地，日用生活的品质悄然改变。百姓奔小康，从这里开始，这么说，应该并不为过。太太总说，宜家这个名字译得真好，《诗经》里就有“宜其家室”句，百姓心里想着的当然是宜家了。

这么好的去处，我怎么反倒生出担忧了？

早先逛宜家，看到不少国货，还挺有自豪感的。“物美”也可以跟“中国制造”贴上边，不是眼看着咱经济质量在提升么。逛宜家留心货品产地，估计就是这么来的，有这种自豪感在心头么。

不过这一次洋货却越来越多了，并不是原来的东洋货西洋货，而是来自一些名不见经传的生产国，越南、泰国、印尼、柬埔寨、墨西哥，等等等等，“MADE IN CHINA”无声地后退。

想起国内大名鼎鼎的某经济学家，常给中南海递折子的，去年曾放豪言：中国制造大国的地位不可替代，因此中国还有二十年的高速增长期。看他那“挥斥方遒”的架势，绝对地高瞻远瞩，响当当。

不可否认，世界上没有哪一个国家能够并且愿意替代中国这种制造大国的地位。不过同样不可否认的是，如果这种替代分而行之，那就会有不少国家乐于掺乎。这个替一块儿，那个代一部分，合在一起就用不着中国货去“倾销”了。又不是什么高科技，不就是廉价劳动力么，一个国家替代不了中国，一群国家还替代不了么？新兴又不是你的专利，三十多年就靠卖场子拼劳力这么个“绝招儿”，民族牺牲精神已经被发扬到极致了，都有些过气了，又有什么魔术能笃定保住那些血汗订单呢？

市场就这么残酷，中低档产品拼的就是劳工薪酬，一旦中国的成本稍微增加，国外订单马上就会转到更便宜的地方去。一堆下家候着呢，资本“闪你”自然没商量。国内招商引资倒是不少的一厢情愿：中国内陆还有便宜劳动力啊，我们幅员辽阔可以搞梯度开发啊，沿海劳动力贵了，中西部可以接续劳动密集型产业啊。除非你倒贴赔本赚吆喝，否则外国资本没那么听话，实际上，就连中国资本你也管不住。水往低处流，不少投资商都奔着其他新兴国家去了。这种产业转移反映到一个商业网点上，比如宜家，就是国货减少，洋货增加。

翻看这些产品标牌，不由让人心里头发虚。如果中国产业升级受挫，前有堵截后有追赶，高不成低不就，制造大国的地位岂不是岌岌可危？如此说来，“实物产业空心化”还真非杞人忧天，那还奢谈什么高速增长再续二十年？螳螂捕蝉，黄雀在后，当我们严正宣告自己不可替代时，其实我们正在被群小所替代。在这么个竞争变局中，难道还可以放心去做替代美国的美梦？某些人昧心地忽悠，再有十多年中国就能当上世界老大，难道我们真就敢相信？我们真有这么

“二”么？

当然，偶尔的感触不能断言，一地的经验未必保靠。如果资料方便，对宜家销售额做一个产地份额分析，倒是可以作为一个典型案例，看看不同国家制造业份额的消涨变化趋向。当然，能进一步做宏观面上的总体分析最好，那样得出的结论更靠谱。

我担忧的同时也很有些纳闷儿，这么多年国人勒紧裤带为资本提供优惠，为世界各国提供廉价商品，这帮洋老板赚得满盆满钵的，怎么他们说跑就跑呢？金发碧眼们不是秉持普世价值么？西装革履们不是特别讲究“费厄泼赖”么？是啊，人家照章办事，从合同上看人家绝对不输官司。

怨天怨人没用，只得反省自身。咱们把血本都贴进去了，咋就没培养出人家对中国制造的感情和认同呢？卖场人声嘈杂，想不出个头绪，哪怕正襟危坐，也未必就能梳理清楚，这恐怕是非常复杂的问题，估计答案也会是五花八门。不过，回到家来清洗在宜家所买的瓶瓶罐罐，似乎摸得到一条小线索。

货买到家标签就没用了。国外产的，甭管多小的国家，标签一揭就掉，而国产货的标签就甭提多难揭了，又刮又抠的，还得在水里泡好一阵儿，才算完活。一个细节不慎，就让用户添堵半天。诸多不便叠加在一起，谁还会来为你埋单？小小日用商品，有那么大玄机么？没有，我想不过是人家的胶水质量好一点而已。九牛一毛的事儿，我们可能“九牛”的力气都下了，剩下那“一毛”却不肯花本钱，哪大哪小呢？消费者恐怕就因为这“一毛”跑了。买你产品的消费者少了，跟你订货让你制造的商家自然也不再踊跃。

一讲产业提升，我们就习惯往高科技上拥挤。挣钱只想挣大钱，刚吃了几天面包，就忘了米粒填多了照样充饥。中国企业能不能学学人家宜家的路子？能不能在提升国人生活品质上多动动心思？不是要拉动内需吗？看看人家宜家，有好样学好样，傻子过年看界壁儿，照猫画虎总差不离吧？

逛个店，竟百般感慨愁眉不展，大老爷们整得跟林妹妹似的，本应不好意思，把我的忧晒出来，是要向各位讨个主意：是我太过敏感，还真是社会负担太过沉重？难道熟视无睹，人果真就幸福了么？

×城为啥不行了？

×城曾经很行。皇朝的发祥地，龙兴之所。1949 年以后曾经的中央直辖市。号称中国的“×都”，老工业基地的突出代表。

而今的×城呢？经济总量排名一再落后，即便与所属省区的各市相比也威风不在，更甭说在全国的地位了，早已是百名开外。财力与东南地区的县相比都差了一大截。

×城确实不行了。改革开放以来每况愈下，至今没见起色。

是资源枯竭造成的么？不是。现在×城的资源储量还很丰厚，只是在“要资源还是要城区”的问题上有些纠结。

是倾斜的工业结构造成的么？也不是。×城的工业组成非常齐全：矿山、钢、铝、电、石油、化工、机械、纺织、家电、其他轻工，好几个行业的厂子数目都以十几个甚至几十个计。

那到底为啥呢？

一次在外地的×城老乡聚会上，我发现到场的个个都是业内精英，离开故土都干出了一番业绩。橘生淮南则为橘，生淮北则为枳，在这些×城土生土长的人身上，仿佛这老话也倒过来了，他们是在×

城普普通通，一旦离开却都成了龙。闲聊中得知，还有好多×城出来的政界成功人士，人数之多，再组建一个大城市的四大班子压根儿不成问题。座上有人口出狂言：×城发展其实不用引进外资，如果能把×城出生的企业家招商回去一半，拉动地区经济大上台阶也不在话下。

这饭局过后，我似乎找到了×城不行的根本原因。

城行不行，关键在人。“行的人”走得多了，城就不行了。

记得二十世纪七十年代末，早年从长三角招聘到×城的技术人员又被召回，任一些乡镇企业的技术厂长，待遇当时听来简直是天文数字。我猜想，×城企业的产品卖不出去，可能就是被长三角的企业顶替了市场份额，这里面就有×城技术人才的贡献啊。可那时的×城国企对人才还是偏重于硬性的纪律约束，嘴上也说重视人才，却不见实招。

到了二十世纪八十年代，×城时兴走后门把子女送到好国企就业，原本精干的职工队伍增加了大量冗员。加之下乡青年回城，每个国企都养着一个“大集体”厂子。个头跟“全民厂”差不多，一个厂子的活，两个厂子干。这两股劲儿加一块，没多长时间好多国企就被拖下了水。然而当时，整个×城还沉迷在老工业基地的余晖中，不知颓势将至。

二十世纪九十年代，有一个亲戚在外地读大学，毕业时说什么也不回×城，还是分配到×城最好的国企，可她就是不回。后来得知，原来那时的大学生就早有定见：毕业回×城实在是无奈之举不选之选。回想起来，那时的青年才俊对家乡的放弃竟是这样决绝，而且来的那样早。

×城的头头一路升迁的大有人在，有当中央大员的，当省长的……龙兴之地风水还真是不错。可当官总是走马灯似地换，地区发展方向也总是一个劲地改革，东一下，西一下。工程多与形象挂钩，财物多向政绩倾斜，思路多，口号多，热闹场面多，办法少，实效少，总不成气候。

颓势一成，负面的马太效应就突显。×城越没指望，对自己存有指望的人（往往就是那些“行的人”）就越想逃开，谁也不愿意跟着陪葬。对自己存有指望的人逃得越多，×城就越没指望。也别说没有能人，经济形势这样差，居然出了级别最小贪污数额巨大的大贪官，令世人瞠目结舌。可惜聚财的本事用反了，对×城而言只是负能量。“劣币驱逐良币”，这种能人越能，真正“行的人”越得躲开，恶性循环。

“行的人”逃离×城，迅速改变了×城的人口结构：“行的人”所占比重越来越低，于是，×城“不行”了。

我多希望这只是个人的错误判断，然而它得到了不止一个故旧的认可。

我多希望这只是一个恶梦，然而每每醒来，×城的现实却逼迫我低头。

我多希望×城人能够多一些为故乡谋发展奔富强的用武之地，然而老乡每每相见却总是叹息摇头。

我多希望能少抑郁于挽歌，多沉湎于童话和梦想，然而我在“文化大革命”时期长大，实在缺乏罗曼蒂克的想象力。

我多希望×城重新崛起，然而……

门外哲思

谁能言行一致地论证其沉默主张？

在周作人《雨天的书》里，专门有一篇题为《沉默》的短文。

他起首就提到林语堂先生说过的一段轶事。法国一个演说家劝人沉默，成书三十卷，为世所笑。为了这个缘故，周先生把自己劝人沉默的文章限制在原稿纸三页以内。

其实，写三页稿纸也仍然不是沉默。主张沉默者，自己并不沉默，挺别扭的一件事儿。或许，你可以言行一致地提出自己的沉默主张，比如，打个手势提示旁人闭嘴，不做声就可以让人家明白你的意思。

然而，如果你想让人家心悦诚服地认同你的沉默主张，就必须严密地加以论证。而在你论证为人应该沉默的充分理由时，别人或许不得不同意你的严密逻辑，可那漏洞又从你的行为本身露出来了。既然应该沉默，那论证者为什么自己倒长篇大论地言说呢？这不恰恰表明还是有不该沉默的场合么？主张沉默者在论证时用自己的行为表明，不该沉默。将心比心，你能做的，我为什么不能做？阿 Q 提出了一个很有名气的问题：和尚动得，为啥我动不得？他反抗社会限制主张平等，最得力的武器便是攀比这一条。主张者的言行不一，论证的逻辑再严密，又怎么让旁人折服呢？

于是，这里便有了一个藏匿着悖律的吊诡问题：谁能言行一致地论证其沉默主张？我估计平常人做不到，叫起真来，谁也回答不了这个问题。既然你自己都做不到沉默，又怎么有资格主张沉默呢？怎么可以让别人沉默呢？

破解这个悖律，只有把人分成两大类，有的人应该沉默，而有的人则可以豁免，可以放言。

接下来的问题又转变为：哪些人应该沉默，又有哪些人可以放言呢？这个问题还不算难解，言之有理言之有物言之有情的可以放言，乱说一气胡写一番空无内容的应该沉默。

问题的要害在于：谁有这个断定“有”或“无”的最终裁判权？谁来掌握“放言”或“沉默”的开关？难道可以搞言论一律么？对甲的情话，对乙而言完全可能是气话。对丙毫无用处的话，对丁却可能是久旱甘霖。大千世界，多元社会，不正包含着五花八门杂象险生的景象么？

都愿意说人人生而平等，人权中就包含着话语权，表达权，或曰之“不沉默权”。有这个权，人家可以不用，但不能事先就认定人家不该有这个权。如何使用自己的话语权，是每个人自己的事情，只要他行使该权力时没有侵害到他人的利益。

现实中人与人之间确有差别，有的人话说得好，有的人话说的差一些。作为社会精英，自然在话语权的使用上高出一筹。但不同层次的人，其话语自有其不同层次的受众。对于别人的话语，百姓们也有自己的偏好和选择权。精英们大可以对他人的言语提出不同意见，但不能事先就主张人家闭嘴，反倒该挺身捍卫普通人说话的权力。

话语权，和其他权力一样，确实不应该滥用。主张沉默，或许是害怕人们滥用自己的话语权，出于爱心，用意良苦。但百姓本来就生性腼腆拙于表达，如果高人再一味强调沉默，让平民小辈更为胆怯，信心全无，岂不是雪上加霜，坏了本该畅所欲言的好局面？

看来周作人没有这种居高临下的架势，他是从人情世故来主张沉默的。在那短文中，他宣讲沉默的益处：一来省力，少伤气伤神，有利于长生。二来省事儿，即免了祸从口出，也少了难以相互理解的是非。他内心认定一动不如一静。

有的精英确是充满了善意，他们劝告我们“三思而后说”，想好了再说。我们也的确乐意按照这种告诫行事，问题在于，我们认定的“想好了”在高人那里往往还是没想好，于是，我们的“说”在人家那里还是不当之言。甚至，好多时候我们都无法改进自己的言说，因为专家甲做了这种批评，专家乙又发了那种高论，究竟听谁的好，莫衷一是。“想好了再说”这个标准其实无法落地，因为这“好了”没有尽头。好便是了，了便是好，彻底想好了再说，就是不说，闹了半天，恐怕还是要我们闭嘴。

高人的种种好心我们都领情了，可还是得保卫自己的话语权。长了嘴，不光为吃饭，还得说话，要不就憋得慌。沉默是不是金，还得听自己的心。哪怕说错了，撞了墙咱再往回折，生活自会逐步教给我们所需要的本领。不该胡说八道，并不意味着就应该万马齐喑。过日子不是玩蹦极，一个劲儿往两头串，中间的空地儿大着呢。

本来我们少说两句不要紧，可为了防止有人在限制话语权上得寸进尺，弄得万马齐喑，我们还得郑重反对沉默的主张，顶多顶多可以主张慎言。

宽容未必是美德

一天，不知什么缘由，脑子里突然冒出一句话："宽容是对自己的一种否定。"自以为这观点有那么点新意，思绪就围着它绕来绕去。它像一个线头，把我一连串有关的想法扯了出来。隔天，去南京参加"泛长三角应用统计年会"，在京沪高铁上有了闲工夫，就把我想到的记在我的"随笔记"上，东一句，西一句的。

对宽容，多数人"耳熟"是肯定的，但"能详"却鲜有人能做到。细一琢磨，其中的说道还真不少，并不像格言里劝告得那么简单。通常都认为宽容是一种美德，但实际生活中是否应该宽容仍有个度，过分宽容也不成，即便美德，也不能泛滥。

我生而愚笨，后学也不足，苦想了好一阵子，总觉得应该搞清楚的问题还真不少：究竟什么是宽容？什么样的人应该宽容？对什么样的人应该宽容？什么场合应该宽容？对什么事情应该宽容？宽容到什么程度？如此等等。

1．强己所难才是宽容。

说到宽容，肯定涉及到空间的大小，不过这空间主要是精神层面的，宽容主要在于内心。宽容二字亦可分解：心宽方能容。

词典里把宽容解释为“宽大有气量，不计较或追究”，这只是对行为状态的素描，似乎少了点哲学味儿，按照我自己琢磨的定义，宽容是人与他者相对时所采取的一种生活态度。

宽容主要是对他者的，不过广义地看，当个人内心矛盾或性格分裂时，宽容也可以针对自己而言。内心里有了他者，亦需要宽容。

对同质同类之人之事之物，无须宽容。对象本身就是与自己相容相合的，不宽亦可容之。故宽容即意味着对象乃与己不合不容之异质异类，只有在这种场合才可见宽容的真本事，才能考验出当事人的真性情，到底是鼓吹于表面，还是笃行于内里？

若所行容易，无须强迫，自然不在话下——不在宽容的话下。强人所难是狭隘，强己所难才是宽容。宽容得分什么事情，是否涉及到了当事人的核心利益？涉及的程度如何？只有对自我否定得多了，才能看出是否真宽容。小小不然的事情，与自我的利益所涉不大，谈不上宽容。

宽容主要应该从个人看，但也可从一个组织看，从一个社会看。比如，一神教强调定于一尊，多神教则可以诸神共容，两类宗教的区别，就可以看出其教义在宽容度的差异。宽容恐怕还需要结合时间维度和空间维度来看。

2. 宽容是对自己的某种否定。

对复杂的事情需要正反两方面去琢磨，知其反，易知其正。那宽容的反义词是什么？是不是狭隘？宽容二字包含着态和势两个方面，与之对应更准确的似乎该是“狭斥”。我们又该如何理解和把握宽容的反面？在绝对意义上，人都是狭隘的，而宽容则是相对的。既是相对的，就不能绝对地将宽容视为美德。

宽容是对自己的一种否定，更准确一点，宽容是对自己一定程度的否定。否定自己，岂不是与人的本性相悖？“己所不欲勿施于人”，难道就可以将“所不欲”“施于己”么？不过，好在多数场合中宽容还不是彻底的否定自己，只是部分的或者分期的否定，对这种否定，人通常还“输得起”。

宽容有悖于人自我肯定的天性，所以宽容决不能彻底，若彻底那就成了对自己的全盘否定。不过分地宽容，对自己否定得少一些，那是对自己的宽容，是“寻长见”而非“寻短见”。寻短见，是认定自己不被社会所容，那的确是一种“短见”。“没有过不去的坎儿”，那是一种自信，“天生我材必有用”，自信的程度更高。有了起码的自信，便不会宽容那些迫害自己的恶势力。

3.“类宽容”不过是行为投资。

宽容恐怕有主观客观之分，当事人是刻意为之还是顺性自然？人处于社会较低层次或处于纪律严明的环境，行为往往表现为无奈，表现为与宽容相近或类似的善待和服从，那其实不是宽容，而是一种谋生手段。一朝权在手，便把令来行，无奈成“有奈”，立马就变脸，肆无忌惮，可说明之前的种种“类宽容”不过是感情预支，是行为投资，那可是连本带利全都要收回的。可见，对宽容需要有真假之辩。

“换位思考”是一种宽容的心理准备。真的换位，现实中不易做到，也不一定应该去做。但能试着从对方的立场来思考往往却是应该的，这会为宽容行为提供理性基础。当然，不同层次的人，这种换位思考所需素质不同，高位者需把自己放低，主要面对心态和格局问题，低位者得把自己放高放大，主要得解决能力问题。

4. 在宽容中提升或相反。

宽容效果如何又可以从时间长短来看。如果宽容在短时期对自己有伤害，但客观上从长期看可获益，亦不失为“好事”，好与坏取决于关注行为效果的时间维度。

个人成长总是在“肯定—否定—肯定”的循环之中，有的人在宽容中提升，有的则相反，可见循环也有良性与恶性之分。每个人身上都有值得肯定的因素，也有值得否定的因素。如果说宽容是对自己的否定，那它是否值得提倡，是否能对自己成为一种正能量，主要看它对这个人否定的是哪一种因素。如果否定的是该否定的因素，那就负负得正，这个人在否定中升华；如果否定了该肯定的因素，则负正得负，对这个人是一种伤害。

较难的是持续的宽容，宽容一时或宽容几时都相对容易做到，但总是宽容，难度系数就加大了不少，没有生活的长期训练是难以做到的。打算践行宽容的美德，也需要审视自己，有没有本事将宽容进行到底？生活中不乏一容再容最后容无可容的事例。

5. 难得“变宽去容”。

对个性较强者，宽容实属不易，因为那意味着较大的个人牺牲。但如个性强者亦能宽容，那么这个人格局较大，有宽容的资本而且舍得用，不屑与众人计较，行为层次较高，社会竞争中与众人压根儿不在一个档次上。

对无主见、无定见者，宽容似乎很容易，因为他的行为选项是开放着的，余地本来就宽，遇事当然易容。比如饭局中点菜，对“吃什么”有好多人答之以“随便”，如果当事人没有忌口，吃啥都成，口味已经很宽了，自然就什么菜品都可以包容。严格说来，这时的“随便”并不是宽容。

而如果当事人有忌口，还是与他人同桌而餐，可以看着旁人大快朵颐，并不把自己的忌口告诉同桌，不扫旁人的兴，部分地否定自己的口味，这才算得饭局中的宽容。就是说，在差不多的竞争层次上，在也需要计较的环境中，宽容才算数。

可见宽容之难，主要在于不那么宽的时候去容。让自己变宽而去容，才是难得的宽容。

不过，已经很宽容的人再一味宽容下去，那往往过犹不及。而本身比较狭隘的人学着宽容，则是人性的向善。

6. 无度的宽容即纵恶。

宽容还得区分对象。对识抬举者，容易做到宽容，也应该宽容。对不识抬举者，不易做到宽容，也不该宽容。这好比两个政治家下棋，甲把自己的兵退一步，乙方也把他的兵退一步，宽容的局面就容易形成了。如果乙方在甲退兵后反倒把他的帅进一步，那甲的兵退多少步都没啥用了。

对不值得宽容之人之事宽容，很可能是对社会的伤害。比如对考试作弊的人宽容，就是对多数认真考试者的不公，社会中这样的事例不胜枚举。

勿以恶小而为之，这应该是面对自己时说的。勿以恶小而容之，这应该是面对他者时说的。对恶的宽容便容易导致对恶的麻痹，容易助长恶风气，容易形成恶环境，甚至容易演变到自己偶尔为之、小而为之的地步，这便是一种堕落，是对生活底线的突破。宽容恶的人多了，不以为然，社会就容易变恶。由此，对恶不能宽容，哪怕是小恶。生活中得守住底线，得高于底线，得远离底线。

无度宽容即纵恶。对恶宽容，即是对善行的打击，客观上“宽容即恶”。虽然这不是“纵恶”，不是“作恶”，但仍然是在“广义恶”之中，起码处于恶的边缘。如此说来，人的“原罪”便成立了。我们就是生活在有恶的世界中，活着就得容恶，就是与恶相容，就是容恶。这是无奈之举，难道可以为了不容恶而结束自己的生命吗？极端地看，如果兼济天下不成，独善其身不成，甚至舍身弃恶也不成。试想，善良人少了一个，改变了善恶的力量对比，客观上又帮助了恶，简直走投无路。较起真来，人类往往生活在截然对立的思想教条中，惶惶然不知所措。

7. 宽容之度何在。

宽容的范围限度也是个需要深入思考的问题。人对人应当宽容，那么对动物呢？

比如珍惜稀有动物，到底是为了被珍惜的动物，还是出于生态平衡的目的，为了人类自己的生存环境？不管出于什么动机，濒临灭绝的动物要保护，这已成为社会良知，然而，究竟应该保护到什么程度？如果过了一段时间，这种动物多了起来，生态平衡出现逆转，还要不要保护？

再比如，活熊取胆固然不人道（其实应该是不“熊道”），那养鹅取肝呢？就那么人道么？千方百计地让鹅只长肝或主要长肝，肯定不“鹅道”——不符合鹅的生长之道。在不人道这一点上，活熊取胆和养鹅取肝有多大差异？为什么前者不齿于人类，后者就可以得到容忍？中医用熊胆制药，起码是为了救死扶伤，动机上总好过贵族们对鹅肝的口腹之欲吧！

区分害虫益虫本身就带着人类的功利心，利益相关者众多且彼此矛盾，这时的宽容边界是难以确定的。

更不要说，是不是应该把植物也一并考虑进来。深究下去，“物尽其用”说穿了是“物尽人用”，是为了人而对物本身的极端否定，如果物有本事反抗，那人类是决不能得逞的，可见人对物的宽容实在是一种虚妄。

绝对地看，宽容之度何在是人类不解之谜。在当代应脚踏实地面对它，宽容之度则在于人类“可持续发展”的边界，私欲度和宽容度均应以此为限，否则便虚妄，再华丽漂亮的言论都会悬空。

8. 宽容抉择本多元。

总体来说，与人无限的欲望相比，空间有限，资源有限，机会有限，于是，宽容成了社会和谐的要素，缺之不可。真宽容又难得，求多供少，所以需要提倡适度的宽容。

生活哲学里有不少提倡宽容的箴言，但同时也有力主“以牙还牙以血还血”的警句，最典型的莫过于鲁迅，他决绝地强调：远离主张宽容者。两方面都有其道理，遇到抉择困境时到底听哪个？面对着好多个“是”，我们才莫衷一是。

宽容这种事儿，可能越琢磨越糊涂。人、事、物本身复杂，所谓清晰完全可能是虚幻的，是我们原来把它们想简单了。似乎一是一，二是二，但泾渭分明往往不过是表象。一旦我们深入到了诸如“宽容”等行为或思绪的内里，就不大识得庐山真面目了。

尽管是否宽容需要多思多辨，但这并没有明确的答案，倒是需要在实践中自己把握，需要内心的多次较量逐步形成自己的主见，通过文化的碰撞逐步形成社会的主流意识。

如果我们在生活实践中用心体会，得出一些规律性的认识，指导自己以后的行动，就会有益于心智。这里也有一个糊涂—清晰—糊涂—清晰……的循环往复过程。不必怕前进过程中的糊涂，这也是一种难得的糊涂。

宽容与否，无法事先确定统一标准。到底是否宽容，需要具体分析，不可笼统提倡。但这又给不宽容——“狭斥”行为打开了方便之门，这是没有办法的事。其实无限地主张宽容，也就意味着对“不宽容”的宽容，无论如何，狭斥是挡不住的。宽容和狭斥必定伴生而存，这也是人文社会科学的玄妙所在，谁也不能像自然科学中解算术题那样，得出唯一解。

封建：最窝囊的词儿

如果要在现代汉语中挑出一个最窝囊的词儿，我以为是“封建”。

为什么这么说呢？因为它被误用的程度最高，被滥用的频率也最高。

主要问题在于“封建”成了“集权专制”的代称词。

古汉语“封建”的原始含义，即“封”土而“建”国，从制度层面看就是“分封制”。百度百科里这样介绍：“封建制度”在周朝时期是周王室把疆域土地划分为诸侯的社会制度，在“封建制度”下，国家土地不完全是周王室的，而是分别由获得封地的诸侯所有，他们拥有分封土地的所有资源和收益，只需向周王室缴纳一定的进贡即可尽义务，即相当于中世纪欧洲诸王国与罗马教廷的关系，也就是现代意义上的联邦的基础。但跟欧洲的“封建制度”还是很不相同。

改革开放后，学术研究的禁区逐渐被打破。大多数史学家认为，中国不曾有过严格意义上的所谓封建社会，或者说，中国的封建制仅限于周朝甚至西周时期。秦始皇统一中国后，就取消了“封建制度”，在全国推行单一的“郡县制”。秦律被历朝历代效仿，至今省县仍然是中国基本的行政单位。

当然其间也有过汉、晋、清等数次反复。汉高祖面对着拼凑起来的诸侯势力和亡秦后的六国背景，必须在异姓诸侯王与郡县制之间加以调和。刘邦在与项羽相争时，先后分封七个异姓王。称帝后，又分封同姓九王。同时汉朝又坚持施行郡县制，使郡国杂处，以相牵制，这种并行的制度又称“郡国制”，可见封国不过是周朝封建制留下的尾巴。总体来看，秦以后的社会已经不是分封建制了，搞的是中央集权制或叫君主专权制。

明明是两千余年的集权专制，过去的历史学教程却谆谆教导我们一个大错特错的观点：中国经历了两千多年的封建社会。其实，中国并没有那么深厚的封建土壤，周朝封建的复辟总是不成，汉朝也好，晋朝也罢，甚至到了清朝仍然不成。谁迫于形势搞了封建，时间不长中央政权就不稳，就得变着法子废除，而且往往得动用武力加以解决，汉朝“七国之乱”、晋朝“八王之乱”、康熙“削三藩”就是经典的案例。

晚清以来，国人好多把集权专制和封建划了等号，这样的结果就是一方面对集权专制深恶痛绝，另一方面却用反封建的口号来顶缸。时至今日，当我们批判集权专制弊端时，还是习惯性地把封建制度作为靶子。封建制度固然亦有其弊端，但还不可跟集权专制等量齐观。我们先是张冠李戴，而后恣意鞭挞，“封建”一直在替“集权专制”受审判，似乎十恶不赦。

在欧洲，又是别一番景象。那里的封建制度（Feudalism/Feudal system）起源于中世纪，用来规范贵族与封臣相应的法律地位及军事责任。欧洲的封建制度有三大最基本的特征：领主、封臣和采邑，封建制度的结构由这三大元素合成。领主是拥有土地的贵族，封臣是拥有领主所分封给他们土地的人，而这些分封出的土地就是采邑。封臣要为领主战斗，作为对领主给予采邑的回报。通常领主的封臣不会再对国王效忠，因此对高层来说就有了这样一句名言："我的附庸的附庸，不是我的附庸。"

为什么民主制度最先在欧洲产生？其中是否有其封建制度的客观作用？似乎可以提出此问。如果把几种政治制度排个谱系的话，我以为，集权专制可作为一极，民主制度作为另一极，那么封建制度应该位于这两极之间。换句话说，集权专制离民主制度最远，而封建制度离民主制度更近一些，至少比集权专制近许多。封地即分权，总比集权好，下面的自由空间大一些，不同领主、封臣间的竞争也容易引起社会的变革，最终将会指向民主。

倒是在集权专制的社会里，帝王至高无上，民众处于社会的最底层。为了维护长路程的集权，上传下达的信息和资源损失较多，管理机制滞涩，公共成本巨大。累卵之势造成相当强的社会紧张，刚性有余而弹性不足，趋向保守而惧怕变革。虽然矛盾累积后爆发会导致改朝换代，但只是皇上换了姓，而王贵民贱的大格局却僵如顽石，孟子的政治理想一直只是一个理想。

辛亥革命以来，反帝制的革命动员极大地影响了我们的日常生活。对反封建的口号，提出者辨别不慎，响应者以讹传讹，封建一词竟成了种种坏东西的总标签：从包办婚姻、裹小脚、烧香拜佛、爱占小便宜，到思想保守、泥古、落后、不开放。本来该是历史中一种政治制度的专用名称，挪用到现实中竟然成了彻头彻尾的贬义词，与其本来面目大相径庭。也由于它所指称的坏事情太多，人们在伸张正义时动不动就把封建拎出来，像斗地主那样随时就可以斗它一番。

语言这东西很怪，它有着媚俗的本性。如果错用的人太多了，误解反而就被制度接受了，约定俗成，错的竟然变成了正确的东西，被正式收进词典。真要还封建一词的本来面目，恐怕还有很长路得走。

不过在改正之前，或者不管改与不改，我们至少该记住一点：无论怎么称呼，民众内心最为反对的，还是皇朝的集权专制。

哪个乾坤大，哪个日月长？

“醉里乾坤大，壶中日月长”，这是昔日酒家挂出的对子。借以招揽食客。外人看着有些夸张，却是道出了嗜酒者的心声。所谓借酒消愁，现实生活难以实现的，在酒中便都如愿以偿了。虽然也屡有醒后的怅然，可弃绝怅然倒也还容易，只需再次或经常回到酒中便好。

对嗜酒者，乾坤只在醉里，日月长于壶中。那么，对世上他人呢？想一想其实是可以仿照推演的：对为政者，该是“朝里乾坤大，权中日月长”；对商人呢，可曰“钱里乾坤大，财中日月长”；对学者呢，则应有“书里乾坤大，论中日月长”，如此等等，不一而足。

各行可以有各行的说辞，如果愣要比较一下呢，到底哪个乾坤大哪个日月长？

不同的人会有不同的答案，这恐怕主要得看两条，先是你适合做什么，次是你自己又认什么。在你所擅长且所喜欢的领域，对你来说气象万千，恰如天高之于鸟，海阔之于鱼；对他人来说很可能是如沉迷雾如坠荒海，宁可不要这高也不要这阔。大与不大，长与不长，不好胡乱比照，各得其所当是优选。

只是有一条：不好站着这山又看着那山高，既要这山的花，又要那山的果。如果你还在从事着某种行当，那么相对而言，它对你的边际效用还大于其他行当。或者你还离不开它，或者离开的成本效益还比较不明晰，不然行当的转移早就完成了。任谁也不会总啃一根没有肉的骨头。

在现在的中国社会，过一个读书人的日子，成本还是比较低的。读书主要靠书，跟外国比，中国的书尤其便宜。

现在常有人抱怨，社会上人心不古物欲横流。这市场经济横空出世，大有黑云压城城欲摧之感。可那也不过是世界的一部分，甚至可能是一小部分。但这部分以显在的方式存在着，容易被多数人感觉到。可这世界别有洞天啊，大着呢，还有潜在的精神世界呢，这个内在世界被人感知到的程度就不那么高了。而且，到底是精神世界大还是物质世界大？还不大好说。

这种反差让我想起对大学生是否认真学习的议论。我在高校里工作，常有人跟我说，现在你们校园里尽是搞对象的，我说不然。你光是在学校院子里溜达，当然看到搞对象的机会多；如果你到教学楼里去转，恐怕还是读书的学生居多。

尽管当今社会比较热闹，就连一些学者都坐不住了，跟着起哄，做一些普通百姓都不大以为然的事儿，有辱斯文。其实，在什么朝代都有这样的伪学者，到什么时候也还是有着专心问学的人。君不见，不是有很多的出版社在“大肆”出书么，已经是集团化经营了，可见规模之宏。出的也不只是普通教材流行读物啊，还有相当可读之书。信息大爆炸，知识也跟着催化。当今学者，哪怕是学富十车，除了金克木，谁敢说“书读完了”这四个字？打开那可读之书，哪一本不是一个偌大的世界，哪一本的乾坤不大、日月不长？

说什么商品经济大潮，已经放不下一张安静的书桌了。可外面的世界什么时候不精彩，其中的个人又什么时候不无奈？到什么时候，还是得看本人的定力如何。除非极端时期，谁也不能把谁拽住，愣不让你读书。

现在不是“文化大革命”时期，那时节不止是“革”了书的命，压根儿是没有什么书可读。更可怕的是没完没了地运动群众，上班前下班后都要组织学习和批判，让你没有时间读内心喜欢想读的书，少了做逍遥派的自由。即使如此，那时也还是有少数人是做过逍遥派的。比如说，有聪明者借了红卫兵大串联的机会，就把祖国的大好河山旅游了一大圈。可见，看管得再严也还有“走私”的机会。

于是，外面的物欲可以任它横流，只要自己把门关好了，别让它流进来即可。对真正的读书人来说，这里面的乾坤大着呢，日月长着呢，哪里还有闲工夫去光顾另外的世界？

危言耸我听

“危言耸听”是个不那么好的词儿，看看字典里的标准解释，就坐实了其贬义的成分。“危言”是使人吃惊的话，“耸”是惊动，“耸听”是使听话的人吃惊。这个成语指故意说些夸大的吓人的话，使人惊疑震动。显然，我们说话时最好别那么危言耸听。

可是，如果我们把自己角色确定为“听者”，是不是一定排斥“危言”呢？更进一步，如果我们愿意广开“耳界”、“眼界”乃至“脑界”，是不是应该多注意危言呢？

我喜欢“危言耸我听”。比方说，注意看一些充斥奇谈怪论的所谓“异书”，就是为了打开自己。知道某先生说话写字好跑偏，就专门找来看，为的就是不让自己在四平八稳中麻木。哪怕听过看过认定其错也不要紧，知道有人持此见解，或者能看出其中问题，都算听和看的收获。

有道是，曾经沧海难为水，极端的东西见识多了，也会便于我们建立起一个认知的坐标系，或者说是一个比较事物和人物的谱系。这个系统或谱系一旦建立，其中间的东西也就更容易把握。进而，自己的接续思考就会更具张力，张力往往是靠向极端状态的扩展而形成的。新手刚开车上路，通常不敢贴近高速路中间的护栏，但只有把这个胆儿练出来，才能在第二道或第三道上让车跑得更顺畅，这或可算作平地之上的“一览众山小”。

长途开车，最怕道路笔直、溜平，那样司机很容易犯困，所以很危险。同样道理，身为听者，最怕的是那些绝对正确的话。出言一旦绝对正确，就不像人话了，对人的用处不大。什么新信息也没有，这种言辞于事无补，白白耽误听者的功夫，浪费社会的资源。

空话更大的害处是听多了人会麻木，在麻木中热心变凉变冷，甚至慢慢死去。肝硬化，只是个体器官的病变。心硬化，就会造成一股子灰颓的社会情绪，这是社会之大哀。说话力求绝对正确，那多半是言说者力求自己绝对安全，是极端不负责任极端自私自利的表现，社会就怕这种好好先生。本来我特别不喜欢“宁要……不要……”句式，不过，如果现实逼仄，只能在危言和空话之间作选择的话，我还是宁要危言而不要空话。

于是，我就把话说回来：假若我们以言说者的身份出现时，也不是绝对不应该危言耸听。如果好多人对某事物认识不清，就需要有人提醒。小声劝说无效，就得大声疾呼。正面解释不成，就得反面警醒。大喝一声，或许让听者出一身冷汗。或许这相当于击一猛掌，把听者推离险境。良药苦口利于病，医生该当“恶人”时就得当这个“恶人”，不能只喂甜水。面对社会顽疾，哪怕冒风险担罪名也该批判。我不下地狱谁下地狱？就得抱着这种担当精神去放言，我以我笔荐轩辕，如此而已。

崇高莫过人性

看电影《最后的车站》(the Last Station)，心潮难平，看来我还远不够老道。思来想去，憋出来一句话：崇高莫过人性。一个主义，哪怕再崇高的主义，如果需要靠抑制甚至泯灭人性才能维系，那就值得怀疑。

我知道，电影只是电影，不能当史实看。不过，电影也是史实认定的一种，是其作者对史实认识的逻辑强化。一般而言，谁敢确认哪种文字就一定是史实本身呢？当事人的日记？旁观者的现场记录？谁胆敢声称自己就笃定具有最终裁判权？恐怕连托尔斯泰本人都不能。

不是凡事讲求辩证法吗？如果要用最普通的语言来解读辩证法，那我给出三个字："不一定。"

再或许，是否史实并不那么重要，更重要的是其中的思想观念及其对后人的影响。我下面所想表达的，并不是影评，而是超越"或有细节"后的人性感想。

托尔斯泰出走了，是跟夫人吵架后出走的，这没有疑问。究竟应该如何解读托氏的最后一站？可就值得深思了。好多人把责任归咎于托尔斯泰夫人，托氏的"大弟子"弗拉基米尔·切尔特科夫更是得意，居然把托氏的出走当成“托尔斯泰运动”的胜利。果真那样，托尔斯泰为什么不跑到自己的“大弟子”那里去？

我以为，托尔斯泰是在两种争斗的矛盾中出走的，他对自己的夫人和家庭真就那么厌烦么？他对自己的极端追随者真就那么欣赏么？甚至，他真就愿意自己的一言一行都被记录在案公之于众么？我以为恐怕是当时的社会之网逼得他走投无路吧。

托尔斯泰本人并不是完全的托尔斯泰主义者，或者用这部电影中托氏的语言：“我自己也不是一个称职的托尔斯泰信徒。”毋庸讳言，托尔斯泰年轻时荒唐过，那么，他晚年想做的奉献有没有为自己救赎的一面？或许他并不完全是为了农奴，而是为了自己灵魂的安息，这个有没有？再者，他有没有与夫人及家人亲情的一面，到底有没有对小我的眷顾？难道他不该有吗？心有小我就贬低了托尔斯泰么？其实，对于“爱”托尔斯泰是毫无犹豫的，他把爱看做世界上所有宗教的共同点，看做唯一的组织原则。只是在如何爱的问题上，他还游移。

多数托尔斯泰运动参与者是纯洁的，是人性的光辉吸引着他们参与奉献。倒是极端的托尔斯泰主义者反而缺失人性，心思一跑偏，行为就变形。他们以正义之名滥用种种手段：间谍、欺瞒、哄骗，怎么看怎么就像是邪教所为，千方百计就是不让托尔斯泰的脚沾地儿。他们利用托尔斯泰的善良或者救赎心理，借托尔斯泰去实现自己的人生理想。托尔斯泰的“原教旨主义者”以托氏的“追随者”面貌出现，实则他们才是托氏的“领路人”，他们绑架了托尔斯泰，把他推向他自己一直迟疑不决的道路。

怎么就可以断定“极端托尔斯泰主义者”没有私利？也许他们

图的不是物质上的私利，但名声上的私利真的没有么？即便他们是虔诚的，那也是一种病态的虔诚，难道托尔斯泰夫人和家人就不是全人类的成员么？就不值得爱么？为什么一定要那么决绝？连托氏亲人都不能爱的人权运动，还能好到哪里去呢？

我不在意，托翁秘书——布尔加科夫这个人物是否虚构，但他的质疑却掷地有声：切尔特科夫就是在制造偶像，这个偶像更像切氏而不是托氏！是的，当托尔斯泰按照切氏的意志修改了遗嘱，献出了著作版权，托氏的健康对切氏而言还那么重要么？就在托氏病重弥留之际，切氏考虑更多的是什么？恐怕是他处心积虑哄到手的运动成果，或许对他来说最佳结局是托氏无力再改变遗嘱就撒手而去。连偶像都不那么爱的人，怎么去爱全人类？布尔加科夫的反戈一击是在代表活人说话："我没有见过全人类，只有不完美的男人和女人！。"

切尔特科夫用尊称跟托尔斯泰夫人说话："只要我愿意，我完全可以将您和你们一家搅个一败涂地……。"也是这位切尔特科夫，就在托尔斯泰夫人去世不久，就出版一本名为《托尔斯泰的出走》的小册子。白纸黑字，笔鞭墨挞，企图把她钉在历史的耻辱柱上。惹得贫民出身的高尔基出来说公道话，而他原本与托尔斯泰夫人关系并不大好。

够了，足够了。换做你是托尔斯泰夫人，你会怎么办？什么歇斯底里，不过是本能反应，是被逼无奈。相反相成，她的过度争斗只是被原教旨托尔斯泰主义者激发出来的。作用力有多大，反作用力就得有多大。对手极端，她被迫也走极端。我们完全可以设想：如果没有那种无度的索要，她也完全可以帮助托尔斯泰实现其理想，至少可以部分地做到。

好多人用托尔斯泰夫人这一生的奉献作为理由来为她辩护，可我却认为，她压根儿不需要这些理由。即使没有那些付出，她也完全有权利得到她和她的家庭所应该得到的。仅仅是那些自以为居于道德高地者的极端行为，客观上就已经赋予她绝地反击的权力。虽然她的还击不那么漂亮，不那么成功，但她就是有这个权力！影片结束时的字幕告诉我们，俄罗斯议院将托尔斯泰所有作品版权还给了托尔斯泰夫人。这，才是公道之举。

有人说，这电影是替托尔斯泰夫人翻案的，或许制作者真有这层意思，那也是现实生活的一个典型写照。我们完全可能遇到类似的冤情，我们就有可能成为受害者，不管是否史实，这电影客观上让我们警惕大义灭亲。为什么不能信其有呢？

这电影告诉我，一个动不动就鼓吹大义灭亲的组织是很可怕的。大义灭亲或许可以有，但只能限制在非常小非常小的范围内——仅仅当“义大于亲”时才可以有，只有当那个“亲”完全灭绝了人性才可以有。

人性始终是最高的，再崇高的主义也是基于人性的，当然也就高不过人性。“文化大革命”中，我们大肆批判“人性论”，大义灭亲就是其支撑理由。现在社会中好多不把人当人的恶举，是不是那种批判的恶果？

古今中外，就在日常现实中，大义灭亲往往被利用，被无限制地扩大。有的组织动不动就用大义灭亲来考验成员的忠诚度，哪来那么多的“义大于亲”？是不是有邪恶者在利用我们的善良和虔诚？

再谈主体客体的相对性

对这个问题的思考来自于对现实矛盾的拷问。

我们的社会太注重实物获取了，对精神层面的东西则是敬而远之的。否定精神层面呢，会担心人家（或者自己）感觉不好，层次太过低俗。肯定精神层面呢，又生怕沾上了唯心主义，大逆不道。既得有高级趣味的追求企图，又患有一种非常严重的“恐唯心症”，于是生活实践上就往往是两头不靠：对精神层面是抽象的肯定而具体的否定。

不过，这些年来国内在消减“恐唯心症”上已经有了进展。比如，在经济现实中已经有了一些突破，像对“消费者心理”和“购买者心理”的研究和利用。对生产者和销售者来说，这种心理活动就是客观的，是不能不承认和认真面对的。再比如，对大学生心理问题的重视。原来总是只强调思想政治工作，有了什么事儿，全是从思想认识上去看、去处理。我们总是力图改造人的思想，试图用强制方式搞什么灵魂革命，对人的心理疾病视若无睹。现在社会实践多元发展，精神层面的存在已经强制性地为自己开辟了道路，人们对它的认识也不能不跟着让步或进步。

社会总会有局部的改进，但在基本问题上恐怕还缺乏深入思考。我们是太强调物质的有形性了，太强调物质与精神（主观与客观、思维与存在）的绝对界限了，认识过于逼仄。

2008年我写了一篇小文《“断章”之取义》，提出了我以为是“元问题”的问题：“是不是涉及心理的东西都是主观的？别人的心理活动，特别是多数人的心理活动，是主观的还是客观的？”“接下来的问题就是，主观与客观的界限是绝对的吗？”

那篇文中，我提出：“主观与客观的界限是相对的，客体的主观意识对主体而言恰恰是客观的！”位卑言轻，没人搭理我，我就一个人在哲学门外继续乱猜，以感性对理性。

后来我想到，与主观与客观相比，主体与客体应该是更为本源的范畴。我认为，主体与客体是相对的。同一个人，就在他作为一个主体存在时，当他面对着客观世界的同时，他同时也是一个客体，也在被别的主体面对着，成了“他者的他者”，是一身二任的。对一个个体而言，主体与客体是可以转换的，并存着的。

君不见：

你站在桥上看风景，
看风景的人在楼上看你。
明月装饰了你的窗子，
你装饰了别人的梦。

卞之琳的这首《断章》哲学意味很浓，耐人寻味。我当时从《断章》中取的就是这个意——相对性的意，这种“断章取义”该是值得鼓励的吧。

由主体客体的相对性，引出了每个人精神世界的两重性。当他作为主体时，他的精神世界是主观的，而当他作为客体时，他的精神世界又是客观的。

就一个人的精神而言，主观与客观也是相对的。或者说，有意识的人可以作为主体出现，但对他者来说，又是外界的事物，是作为主体的他者之认识对象，又成为客体的组成部分。

如果我的这些想法不错，那么精神与物质的绝对界限便被打破了。惟主体的精神才是精神，客体的精神则是物质，或曰物质的组分。当主体转化成客体时，他的精神又是物质之组成了。

物质不一定是有形的。精神确是物质之反映，但精神一经产生就成了物质的组分。精神产生后要为他者所知，必须外化，必须物化。作为客体的他人意识，也符合物质的定义，我的这个见解并不反对以物质为本源，不反对物质的第一性。

但我还要提出的是，在物质与精神的相互作用过程中，物质的第一性也不是绝对的。当物质变精神时，物质是主导的，物质当然是第一性的；而当精神变物质时，精神起着主导作用，精神似乎又可以是第一性的了。

在这里，我把客体的精神划归了物质，似乎精神世界变小了，但每一个主体的精神世界加总构成了整个精神世界，它仍然是巨大的。我们应该知道，一个人的精神世界可以有多大，那可是没有边界的啊！这是又一个相对论。

对精神和物质关系的讨论还可以联想到赛博世界的物质性、客观性问题。总之这个题目很有搞头，或许可以写一篇很专业的论文。在经院哲学家看来，我这是胡说八道，好一点也许是痴人说梦吧。不过，把生活的悖律纳入哲学思考的视野，本身就是很重要的一点。

没正没反的"莫比乌斯圈"

我这篇文的内容是平等的序列，而解释序列关系的工具则是“莫比乌斯圈”。平等的社会意义是正面的，是人们梦寐以求的，莫比乌斯圈则是没有正反区分的，这两样怎么会搅合在一起？会的，且听我慢慢道来。

“以人为本”是当下非常时髦的口号，为什么理当如此？人生而平等，貌似极简单。

然而不然，“以人为本”中包含着人类的优越感，包含着对非人类的否定，包含着不平等。“人非草木孰能无情”，您看，随口一问这优越感就跟着露出来了。是啊，人类有感情，人类会思考，人类能劳动，所以人类优越于其他动物，甭说植物以及其他存在了。

高贵的人不止于爱人类，他们也主张善待大自然。不过其中一个主要原因是他们高瞻远瞩，除了眼下，还看到了人类的可持续发展。他们主张子孙后代与当代之间的平等，我们不能剥夺后来人的生存权。显然，这还没有脱离“以人为本”的范围。

有的人扩展爱心动真格的，比如素食主义者。他们内心认定人与动物之间的平等，只是“以人为本”还不够，他们主张“以动物为本”，“为本”对象的范围扩大了。

还有的走得更远，认为植物也是有灵性的，跟动物同样与人类应该平等。于是，“以动物为本”还不够，应该是“以生物为本”，“为本”对象的范围进一步扩大。

再往前走，就是“以万物为本”，“为本”的对象无所不包。无论人还是动物、植物，还有微生物、非生物，万物皆平等，都得“为本”。这样“本”也就走到头了，到了极端。

平等的理念可以信天游，不过人的脚跟儿一落地就容易撞上大麻烦。都说中国人嘴馋好吃，其实是人都得先讲求吃，那就以吃为例来说说这麻烦。素食主义者好办，不吃荤还有素食可吃。主张“以生物为本”的可吃什么呢？难道单吃“非生物”能活命不成？就是喝水也麻烦着呢，你敢保证里面没有微生物存在？喝进肚里会不会杀生？

最活不起的还是“以万物为本”者，一动都不该动，也不敢动。万物平等，凭什么就把土地踩在脚下？那不意味着人比土地高贵了么？有蚂蚁不能踩，没蚂蚁也绝不能踩。万物平等，土地跟蚂蚁是一样的呀，踩蚂蚁和踩地都是罪啊。人活着就是罪，这回真有原罪啦！较真来看，按照“以万物为本”的逻辑硬性推演，人就压根儿不该存在。都“为本”，也就是都不为本，“本”为非本。肯定到极端，就是否定。

我以为，中庸之道其实不是哲人空想出来的，而是生活教出来的，甚至是生活逼出来的。

现实中不可能万物平等，生物平等也难以做到。走着走着到了极端，行不通了，就得往回折。在求平等的路上，有的人坚持“以动物为本”，多数还是“以人为本”，而少数则更为“严格”，走向了另一个极端。

主张“以人为本”的居多，但对它的解读却五花八门，一个主要差别在对人的定义上。“人人生而平等”，义正词严，掷地有声。问题的关键在于：不少人内心对人的定义并不按照自然人的范围，他们还隐藏着性别、种族和社会因素的考虑，人为添加了不少限制。

正因为对人的认定不同，《人权宣言》的大招牌下开了不少分店，“以人为本”做起来也是惨象丛生。女人曾经不全是人，黑人曾经不是人，印第安人曾经不是人，华人曾经不是人……

“为本”的范围从“以人为本”收紧，比较典型的得数“三K党”党徒，他们是“以白人为本”的，他们虔诚地认定只有白人才是人，唯白人才生而平等，故而心安理得地对黑奴、印第安人大出杀手。

千万别告诉我“三K党”党徒如今已经绝迹，千万别告诉我白人人种优越的心理已经随进化而去，千万别告诉我欧美精英对我们只推行普世价值。我不过一只井底之蛙，实在承受不起。当有的白人表扬你居然和他一样好的时候，那居高临下的眼神就明确了人种分野。当发达国家对新兴国家百姓消费势头大加担忧而自身享受依旧故我的时候，当白人精英把转基因食品只塞到你嘴里的时候，我们就该清醒地意识到，人类离大同愿景太过遥远。

不过，“三K党”党徒还不配作为极端。希特勒在高傲的白人之中还要分等，他认定雅利安人种才是最优秀的，才是真正的人，才配讲平等。谁说希特勒不主张“以人为本”？他算得上这一主张的极端推进者，只是他把人定义为雅利安人，他是“以雅利安人为本”，其他人则与万物一样，完全可以牺牲掉，毫无怜悯之心。

说到这儿，就摆出来好些个“为本”，形成了一个对不同对象讲平等的序列或谱系。按范围从小到大依次是：“以雅利安人为本”、“以白人为本”、“以人为本”、“以动物为本”、“以生物为本”、“以万物为本”。

“以万物为本”是菩萨心肠，“以人为本”是人类崇高理想，而希特勒那是反人类罪，截然相反的观念怎么可以放在一起排序？还同在一个谱系？真的只是“为本”范围大小的区别么？那不是没有反正了么？

我以为，这个序列或谱系并不是我的主观杜撰，而是美丽面纱下面藏着的残酷现实。至于为什么会如此，或许“莫比乌斯圈”能揭示一二。

“莫比乌斯圈”（Möbius strip）是一种单侧的、不可定向的曲面，德国数学家、天文学家 A. F. 莫比乌斯发现了它，因而得名。

想象手中一个长条纸，或者真拿出一个长纸条，把它的一头扭转 180 度后与另一头相连，这样的首尾相连，结果是纸条原来的正面与其反面相连，一个“莫比乌斯圈”就形成了。如果用色笔一直沿圈的曲面移动，不必越过纸边，就可把形成“莫比乌斯圈”所用纸条的“两面”都涂上颜色。这告诉我们，对“莫比乌斯圈”来说，你压根儿区分不出哪个是正面，哪个是反面。换句话说，这个曲面只存在一个面，正面与反面同化了。如果一只蚂蚁在曲面上爬，一圈之后它可以到达起点的背面，可再爬一圈它又能回到起点。

“莫比乌斯圈”是拓扑学中的一个基本概念，它也揭示了一些基本的哲学道理。“莫比乌斯圈”得“扭转180度”才能形成，其中包含着若干辩证思想，比如对肯定的否定，还有否定之否定，质的转变在量的渐变中完成，等等。

人类讲平等不同范围的序列或谱系，就好像一个“莫比乌斯圈”。像吗？您或许会问，“以万物为本”和“以雅利安人为本”这相反的两头怎么连在一起？

说希特勒反人类，确是他把绝大多数人都否定了，实质上是把非雅利安人与世上万物等而视之。否定得太多，却让绝大多数人与万物讲平等了，在“可被奴役”这个意义上平等，反而成了一种类别肯定。前面说过，“以万物为本”在执行结果上是反人类的，客观上、实质上如此。可见，这两个极端在序列或谱系中确是最为接近的。

相反相成，这个“类莫比乌斯圈”的谱系真的存在。世上的种种丑恶让人伤心乃至失望之极，究其原因，恐怕与这个正反转化、分辨不清的序列不无关系。

贫富与贱贵

在网上看过一个段子，好像是一位叫“山鸡哥”的网友发的。他（或许是她?）充满豪气地指出：什么叫贵？就是不把富放在眼里。什么叫福？就是不把富与贵放在眼里。这话自有他的道理，不过我也略有不同看法。

第一句话中本身有些悖论，单把“富”拎出来说，这不是已经把“富”放在眼里了么？就单看这一眼，恐怕还是看得更高吧。这悖论其实是现实中的纠结，在生活中，“贵”不可能与贫富无涉，不入眼其实是不成的。顶多可以做到不涉那么多而已，如果一个人能不唯“富”是瞻，那就相当不错了。孔老夫子是个有人情味儿的哲人，他知道富乃“人之所欲也”，所以，“富而可求也，虽执鞭之士，吾亦为之。”《论语》是孔夫子教导的记录，它明确地告诉我们，富是可以入眼的，是应当入眼的，得之以道即可。

第二句话的打击面有点扩大，我们或许可以不把“富”放在眼里，或者说不放那么多，但怎么可以不把“贵”放在眼里呢？咋一看，不大解，后来想到这可能与对“贵”不同理解有关。什么是富，大家的理解比较容易一致，但对“贵”的看法可就有大不同了。

不少人把“贵”理解为社会地位或层级之高，高位为“贵”，“贵”与权贵等同。孔子说：“不义而富且贵，于我如浮云。”虽是鄙视地批判，但这句话里的“贵”恐怕指的就是权贵。除了权贵，还有没有其他的“贵”，或者换个问法，权贵是真正的“贵”么？圣人眼中如浮云的东西，转瞬可逝，会是真正的“贵”么？

我以为，尽管孔子是至圣先师，也不应该按照他语录的字面意思来理解“贵”。真正的“贵”应该是精神世界的富足，这与一个人的社会地位没有绝对的关系。精神层面上的“贵”一定是凭借道义才可以具有的，它与“不义”是相反对的。如此看来，不可能存在“不义”且“贵”的情况，那种高位之“贵”只是虚假的“贵”，如浮云之“贵”，那种权贵才可以靠“不义”取得。

精神世界的“贵”才是真正的“贵”，令人敬仰。颜回“一箪食，一瓢饮，在陋巷”，安贫乐道，青史彪名。这种“贵”哪能不放在眼里？

人类总是有所追求的，如果把“贵”连同“富”一块儿扔了，那不只剩下又贫又贱了么？人类几千年来的奋斗和努力，不就是要挣脱贫贱的状态么？短期内多数人或许可以忍受贫贱，个别人或许可以长期忍受贫贱，然而这种状态总体上不可持续。对多数人而言，对长期而言，人类是决不甘于贫贱的。

如果把物质文明概括为富，把精神文明概括为贵，那么从贫贱到富贵，便是人类文明史的走向。这四个字，可以有四种组合：贫贱、富贱、贫贵、富贵。这四种组合也表明了人类文明发展过程中的四种状态。

物质文明与精神文明的发展最好同步，否则就会处于很别扭的境地，令人非常尴尬。富了容易贵，但决不是富了就能贵，所以会有不少“富然而贱”的人和事儿，“为富不仁”就是对这种状态的一个总结。另一种别扭比这好一些，那是我们所熟知的人穷志不穷。不过贵还是得有必要的经济基础，贵如颜回，起码也得有食、饮和陋巷撑着。真到了杨志卖刀的份儿上，那多数英雄也会是气短的——一文钱真能憋死人。贫而贵，诚可敬，然而还是把经济状态也改善为好，尽可能去改善。

我还读过这么个故事：有个非常聪明的穷家小伙扮作贵公子去卧底，哪个细节都预备好了，对方怎么也无法识破。最后只是在吸烟时漏了怯。穷人平日抽的烟丝不那么通透，总得颠一颠才往嘴上叼。这卧底只是一次没留神，把那陋习给现眼了，仅仅颠了一两下就收手，还是被更精明的敌手察觉。这是细节决定成败的典型例子，但也说明由贱而贵之不易。

相对来说，由贫转富还可能容易些，物质文明建设所需的时间也可能短一些，尤其在今天这个社会里，一夜暴富也是有的。然而由贱转贵就不那么容易了，精神文明谈何容易，不少人穷其一生也改不掉陋习——那是当穷小子时多年养成的，甚至可能是胎里带来的。至少得三代人才有可能养出个把贵族来，好像是巴尔扎克说的吧？既然转做“贵人”这么难，就愈发说明其可贵，断然不能不放在眼里。

自信与自卑：心态的比与配

一

自信和自卑是截然相反的两端，但都是人的正常心态。就多数个体而言，可以肯定的是，自信和自卑的心态都会有，不过不同的人二者比例不同，组合不同。有的人自信多一些，有的人可能自卑多一些。

当然还是会有心态偏执的人。有的人高度自信，有的人高度自卑。极个别的人似乎只有自信，压根儿没有什么自卑，比如西楚霸王。相反，极个别的人似乎只有自卑，完全没有什么自信，比如秦二世，这是极而言之，我是从古装电视剧里看来的。

也可能只是外人认识上的偏误。心态需要通过人的言行表现出来，但好多场合表里并不那么一致：当心态的一端暴露时，似乎整个人都自信，或者都自卑，其实还有另一端存在。这另一种存在可能隐藏着，让外人无法认清。也可能性格本身并没有什么隐藏，只是暴露的一端过于夺目，让外人忽略了另一端的存在。

心态与人的空间位置有关。面对不同的事物，人们的心态也会不同。有的人在一些事情上自信多一些，在另一些事情上则可能自卑多一些。但并不是位置越高，心态越好。有的人身居高位，仍然器局狭隘，或者飘忽不定。还有，身居安全的环境，人的心态容易变好，而周遭凶险，人就忐忑。

心态与人的时间位置也有关系。有的人在一些时间段自信多一些，在另一些时间段则可能自卑多一些。通常是年轻时自信多一些，而年老时自卑更多一些。毛主席年轻时曾放言："自信人生二百年，会当水击三千里。"那是何等的豪气！而他在年迈之时也多有无可奈何之语。

二

自信是个褒义词，而自卑是个贬义词。这种语义区分本身表明人们的倾向：喜欢自信，而鄙视自卑。然而，个人人生乃至人类社会，都不能只要自信，不要自卑。自卑是自信的"对抗性存在"，是命运用来平衡极端自信的，断然不可全都丢掉。只取一端，绝无可能，也不应该。只是自信，地球恐怕会爆炸。只是自卑，人类就不能进化。

既然多数人心态是二者的比例和组合，那如何配这个"比"也很重要。自信和自卑两种心态与相应的事物匹配，与相应的时间匹配，就可能得到良好的结果。即是说：对该自信的事物，在该自信的时间里自信。对该自卑的事物，在该自卑的时间里自卑。反过来，如果在该自信的时候狐疑，在该自卑的时候狂妄，行动的结果往往与主观愿望适得其反。

一个比，一个配，当成功取决于当事者心态时，幸福与否原来是个配比问题。当然，人的心态不是化学制品，不可能预案给出标准，遇事照章套裁不妥。更不能事先制作成品，此处断无灵丹妙药可服。什么事情，都得脚踏实地，具体情况，具体分析，具体处理。挑明这是个配比问题，只是建立格局选取角度把握指导思想。

建立足够的自信心态往往需要自身的能力来支持，人们总是在自己擅长的领域内信心较足。保留必要的自卑心态，则需要取得对大局的充分认识。人类本身就是有局限的，任何人都是有其自身局限的，把握住这种局限性，有所为有所不为，才能为得其所。

建立足够的自信，并保留必要的自卑，还需要良好的信息处理。很多时候是依靠获取有用信息，胸有成竹，把决心变为行动，把意象化为具象。很多时候还需要忽略无用信息，或者排除逆向信息的干扰，所谓“难得糊涂”就应该有这层意思。

三

领导者对众人有一定的影响力，他们的情绪不是私器，不可私用。领导者心态不仅关乎他们自己，关乎他们的家人、亲属和朋友，还牵涉到了他们所管理属下的较大范围，因而他们的心态组合对这个社会是非常重要的。

一种比较好的心态组合是宏观上战略上自信一些，而微观上战术上自卑一些。宏观上多往好处想，这样更容易发现机遇，抓住机遇，有助于鼓士气；微观上多往坏处想，可以多准备预防措施，容易实现阶段性目标，更有助于宏观格局的把握，就容易形成发展态势中的良性循环。

最差的是其相反的组合，宏观上战略上茫然自卑，而微观上战术上却盲目自信，这样既不利于实现阶段性目标，又会反过来影响全局的掌控，容易形成恶性循环，越忙越乱。

还有一种相当差的情形，就是领导者的情绪组合总是变化，让百姓捉摸不定，让下面不知所措。摊上这样的领导，坐过山车是免不了的，百姓们原本好端端的心态也被搞“忐忑”了。

先入往往为主

先入为主作为成语有其特定含义，它是指先听进去的话或先获得的印象往往在头脑中占有主导地位，以后再遇到不同的意见时，就不容易接受。

既然是成语，那一定是对社会中某种规律性现象的总结，有其内在的道理。所以我们对成语，不仅应该掌握其含义，还应该利用其道理，让成语在现实生活中指导我们。

有一天我跟一位医学博士同桌吃饭，听得他的一个建议，就深含对先入为主这一倾向的警惕。

这位医学博士指出，如果想求证某项重要诊断，比如确诊癌症，决不能把先前的诊断拿给后找的医生。再权威的医生，除非有十分的把握，轻易不会否定已有的诊断，那样风险太大。如果病人去世，否定先前的诊断意味着误诊，罪莫大焉。如果病人康复，那患者也往往认定自己命不当绝，不会把功劳都记在医生头上，收益无多。相反，不否定（与“附和”还有区别）已有诊断负担最小。如果病人癌症去世，那是回天无力，勿谓言之不预。如果病人康复，那至少表明医疗手段没有缺位。医生不是神，但聪明到足以自保。因为病与非病之间的边界往往不清，就让先前的诊断为主，搭顺风车，医患博弈中保守策略当然受到多数青睐。

既然医生容易有这种先入为主的倾向，那患者似乎应该在先后两位医生之间加道“隔离墙”。先屏蔽前期诊断的信息，请后找的医生独立地诊断，然后再比较印证不同诊断间的异同。这样一来，每次诊断对形成最后结论的权重差不多，虽有时间上的先入后入，但没有哪一个为主，或许所得的综合结论更为可靠。

虽然成语的定义把所“入”的“场”明确为头脑，但先入为主实际上也并不局限于主观认识。这次写文，到百度去查找，又发现先入为主的另一解：它也是国画中的专门术语，指生宣的一种特性。画上第一笔以后，因为浸润的缘故，与此后画的第二笔之间会呈现自然的一条浅色水痕。用墨或者清水时看不大清楚，装裱后才会显现。

国画的这一解对多数人用处不大，不过我们确实可以发现不少事物有先入为主的特性。在现实中，所能“入”的“场”并不只是头脑。

比如，国家间的关系就大有“入场”的先后主次之别。美国曾有“高人”严正指出，如果中国人都按照美国人的标准生活，那这地球上的资源压根儿不够用，那将会对全世界造成毁灭性后果。典型的黄祸。为了全人类的福祉，中国人（也包括印度等人口大国）搞新兴，绝对不能按美国的消费模式发展和占有。

这种救世断言是一种以我为主的单向思维，如果地球资源总量真的不够用，美国能不能也为世界人民做点贡献，适当降低其消费标准呢？似乎美国很少有人作节约之想，其他发达国家也是如此。可也是的，人家是得到上帝恩惠的子民，既得利益就该维持，哪有吃进去再吐出来的道理！这是先到先得的理性逻辑，似乎也没有什么不对，谁让你来晚了呢？先行者就该得到“先行红利”，要不谁肯起早啊？探索者就是应该拥有专利特权，抢先占“场”辛苦着呢，自当好好补偿。但若是开会讨论污染负担，也讲“先入为主”，要他们多掏钱，这些大老爷可就不干了，忘了他们的“世界责任”了。而且人家的道理很充分：消费水平本身就是有其刚性的，上去就难下来，人类本性所致。尽管高消费不利于可持续发展，但只能对迟到者横加禁止，席位有限，下不为例。

总之，好多硬道理限制着发展中国家。这不是先入为主么？这不是后入为次么？在利益博弈中，竞争公平与否往往看规则由谁制定，如何制定。迟到者入场很晚，制定规则时还远远没到位，自然就缺少表达其利益的声音。指望着列强良心发现，费厄泼赖，预先为众弱国家人民留出资源和发展机会的份额，那真是已然置身大同世界，环球同此凉热了。看看近年来各国为环境问题闹得不可开交，后发国家如果能在修订规则时得到些许的话语权，那就已是普世价值之曙光微现了，真还能“给点阳光就灿烂”么？

话说到这儿，也才更理解，为什么后发者总这么犯急，耐不住落后，恐怕都是叫这先入为主闹的。

一见钟情的见

一天，接到朋友发来的一段信息：

“研表究明，汉字序顺并不定一影阅响读。事证实明了当你看这完句话之后才发字现都乱是的。”

刚看过莫名其妙，阅读很通畅啊，知道它说啥。玄机在哪里呢？第二遍定睛细读，反而倒不流利了！原来这信息故意把文字顺序打乱了。一不小心，我就成了实验对象，“亲自”证明了“汉字顺序并不一定影响阅读”。于是我马上回复：“重大究研现发！”对方当然一眼就能明白我的意思。

小有乱码，一瞥达意。为什么会这样？

我猜想，人在读的时候是眼脑并用的，心中已然有一张逻辑之网，眼睛看到的字按照这网的逻辑关系来定位，构成了文字所应该表达的内容，于是，看的人看见了。其实是读懂了。不止于见，还有识。

人所能见的，只是他所想见的。哪怕眼睛一亮之所见，也是内心早已预备想见的。比如惊艳：“众里寻她千百度，蓦然回首，那人却在灯火阑珊处。”

这么说来，一见钟情，不只是眼睛所见，不只是外观漂亮。彼此中意，当然要顺眼，得有眼睛所见。不过眼见只是必要条件，而不是充分条件。这个“见”还必须有心，所谓钟情，不过是动心。说是“蓦然”，其实建立在“寻她千百度”的基础上。寻找过程里，心和眼来回作用可是不计其数了。先有了君子好逑之心，慢慢有了我之西施的模样或标的，潜藏在心底，一旦在现实中撞上，那就得以“蓦然”：一见钟情。

国人讲“情人眼里出西施”，一个“出”字很有讲究。“出”概括了有情人把对象美化的过程，眼里的西施是“出”这个特定美化过程的必然结果。单单靠眼的作用，所钟情者未必是西施，甚至好多在外人眼中看来肯定不是西施。但在有情人眼里，爱的偶像却谁都不能替代，真情人是舍得用任何代价去换得相会相守的。因为这独具的慧眼有着内心的支持，西施不过是个代词，是我心我眼中唯独之美的凝结和外化。

歌德说：“我们所见到的，只是我们知道的。”这话强调了人心对眼见的作用，有他深刻的一面。不过，一见钟情往往可以表现为“无厘头”，当事者如醉如痴，只见其妙，这时的“见”还可能有其所不知——莫名其何以妙。

“莫名的我就喜欢你，深深地爱上你，没有理由，没有原因。”也许确实没有，也许是有因由但我不知，或者我明知我的喜欢肯定有因由，却怎么也说不清楚。

到底为什么？答案恐怕很复杂。我猜想，气味相投就可能是理由或原因其一。

人类的理性在进化，但感性却可能在退化。人的嗅觉本来就不及好多动物，过分依赖理性后，感官恐怕就更不为人所常用了。看电视节目《动物世界》可知，有些动物对嗅觉很是依赖。他们用嗅觉来辨认自己的专属领地，用嗅觉来寻觅合意的伴侣。孙悟空在如来手掌中撒尿，原本是发挥这一本能的习惯所致。

不管人是不是自知其嗅觉的作用，但嗅觉仍在，或者潜在着。作为人的本能之一，它仍然发挥着作用，只不过当事者未必察觉而已。人类社会有“气场”一说，这“气场”看不见摸不着，不过仍然是一种客观存在。帮助形成“气场”的，恐怕就少不了人的嗅觉。有的人跟别人相处都挺好的，可唯独与某人一见就烦，无法呆在一起，恐怕就是二位“气场”不合。而两个人莫名喜欢，当然就是气味相合到了意欲相投的程度，至少在气味上必须通过内在的检验。

这只是一个猜想，如果确是这样，那就不完全是“一见钟情”，而是也可能有“一嗅钟情”了。嗅觉反应到内心，让对象成为情人，眼睛按照内心的指令将对象看成西施，情人眼里的西施恐怕就是这么演变出来的吧？所谓内心指令，不过是人的潜意识。人的潜意识是大量存在的，如果显意识是海平面上的冰山一角，那么潜意识就是深藏于海底的冰山主体。“一见”或“一嗅”是有深层潜意识为其支撑的，厚积而薄发。

当然我的描述太罗嗦，说时迟那时快，这个“出西施”或者“钟情”的过程可以是转瞬之事。潜意识的动作快如闪电，内心指令的传导神经异常通畅，否则，就不会令常人惊叹，也不会用到“一见”或“一嗅”这种词儿了。

茶中问学

套用经济学模型的可能陷阱

——读凯根《三种文化》札记

1. 还得提倡“活学活用”

近段时间反复阅读《三种文化——21世纪的自然科学、社会科学和人文科学》①，深有感触。作者杰罗姆·凯根（Jerome Kagan）是美国著名发展心理学家，他主张广义的科学文化观。而他的这本书对经济学科尤为重视，不少表述对经济学人颇有警示意义，特作此札记。

要说印象最深的，恐怕是对套用经济学模型的高度警惕。有一天再读时，突然想起个老词儿——“活学活用”。

这个词儿在大陆曾非常流行，那时正处于“文化大革命”前期。后来“九一三事件”一出，全国人民就此打住。当初批它，主要是说这种主张割裂了所学的思想体系，为阴谋家的篡改“最高指示”

① 王加丰等译，上海格致出版社2011年3月中文版。

打开了方便之门。

而今回想起来，其实“活学活用”并没有错。按说让广大的工农兵“活学活用”，语义对象是明确的，是很有针对性的。明明知道老百姓没有那么多的时间和精力，不可能去搞清楚偌大的思想体系，所以只能搞急用先学、立竿见影，只能在“用”字上狠下功夫。其实，即便社会到了发达阶段，高等教育普及了，也不能人人都去当学者，而且就算当学者，也不能都关在象牙塔里，社会可受用不起。

身为学者，当然应该掌握本学科的思想体系。那么有了体系，还要不要“活学活用”呢？我以为还是要的。到什么时候也不能“死学死用”，尤其是作为“致用之学”的经济学，否则会给相关决策带来很大麻烦。套用经济学模型，便是“死学死用”的一种。

经济学模型，当然是好东西，社会科学皇冠上的一颗明珠，人类文明的结晶。搞经济学研究，很多场合不可不用模型。然而“过犹不及”，我们不可不记，套用经济学模型仍是时时处处需要警惕的，因为后来者很可能不知不觉就掉进陷阱。

2. 经济学的学科移植性质

经济学十八世纪后期开创于英国，十九世纪得到了很大的发展。这个时空背景明确地告诉我们，数学和物理学对经济学发展的作用至关重大。彼时彼地，物理学是诸学科中最硬的“硬科学”，艾萨克·牛顿则是英格兰知识界的圣人。大卫·李嘉图等人深受此等学术大潮影响，他们力图使经济学成为一门“社会物理学”。于是，从物理学移植便成了经济学发展的不二法门。

杰罗姆·凯根指出：“十九世纪的模仿物理学的时代，那时的经济学家天真地假设，能量和平衡的概念用于经济学，以及采用物理学家用来描述这些观念的数字可能都是合适的。”①“第一代经济学家认为物理学家的‘能量是做功的能力’这个句子中‘能力（capacity）’的意义，类似于‘货币是购买货物的能力’中的意义。结果是，他们假定热力学（thermodynamics）的各种方程式可能适用于经济学的各种数学模型。”②

问题在于：两门学科的基本概念和方程式为什么可以等量齐观？学科移植的假定能否成立？这种移植在经济学基本理论体系建立时程序是否完备——是否得到了如同数学和物理学那样的严密证明？如果这些问题确实仍待解答，那就意味着：经济学大厦的基石尚有悬空之处。

3. 对“无条件移植”的质疑

对经济学照搬或者说“无条件移植”物理学和数学方法，存在着种种质疑。

杰罗姆·凯根认为：“不是所有的现象或所观察事物之间的关系都适合于数学来描述（mathematical description）。”③“经济学家假设，为了描述无生命物质或解释形式数学中的一个悖论而发明出来的数学工具，应该可以应用于历史所创造的各种条件下的经济决策，这只

① 《三种文化——21世纪的自然科学、社会科学和人文科学》王加丰等译，上海格致出版社，2011年3月中文版，第155页。

② 同上书，第6页。

③ 同上书，第27页。

是一个基于信仰的假设"[1]。他进一步评价道：经济学家"未能认识到，许多谓语与不同的名词结合时，具有不同的意义。因为每一种陈述的有效性依赖于一个完整的句子，而不是依赖于单个的词。"[2]

我们知道，经济学界从来不乏学科硬化的极端拥趸者，威廉·斯坦利·杰文斯（Willian Stanley Jevons）是受人尊敬的经济学奠基人之一，他在十九世纪七十年代写道："经济学必须成为一门数字的科学，因为它是处理数量关系的。"[3] 诺贝尔经济学奖获得者罗伯特·卢卡斯（Robert Lucas）在这个问题上是一个更为教条化的人。他说道："经济理论就是数学分析。其他一切都只是些想象和漫谈。"[4] 按照这种"唯数理"派的观点，经济学之父亚当·斯密就不配称之为经济学家，因为他开创经济学所依赖的是语义形态，压根儿不是数学方程式。

然而，杰罗姆·凯根指出："杰文斯未能察觉到，经济学的许多概念不能满足数学所要求的所有必要条件，比如，相等的数量加相等的数量产生两个相等的数量之和（equals added to equals yield equal sums）之类的条件。这个世界的事实本身决定着分派给某种现象的数字是否可以用物理学家处理物质、能量、速度和距离的概念的方法来加以处理。"[5]

---

① 《三种文化——21世纪的自然科学、社会科学和人文科学》王加丰等译，上海格致出版社，2011年3月中文版，第159页。

② 同上书，第6页。

③ 同上书，第104页。

④ 同上书，第29页。

⑤ 同上书，第104页。

比如，物理的概念“质量”（mass）达到了数学标准，使得科学家可以用各种数学和物理学方程式加以处理。那么，经济学中的基础概念“效用”是不是也具备了这种数量分析的“普适性”呢？不同的经济背景，不同的心理反应，使得每个人的同一效用值所应该代表的内涵差异很大。“效用”到底能否像物理中“质量”概念那么处理？确实值得进一步深入考虑，毕竟“事理”不同于物理啊！杰罗姆·凯根甚至认定：“经济学家和进化论生物学家的形式模型中，没有一个概念具有物理学家的质量这个概念所具有的那些数学性质。”①

保罗·萨缪尔森认为，数学公式成功地解释了物理能量的转化，在解释经济决策时应该同样有效。可是他忽略了一个事实，物理学的各种概念有固定的定义，不会随地点和时间的变化而变化，而人类的种种偏好和期盼在一生的过程中不断发生变化，并随着历史时期、文化、性别、种族和阶层而变化。② 经济学家寻求理解和预测大量前提条件和少量结果之间的关系，然而这种因果关系在各个历史时期和各种社会中一直在变。经济学分析的“靶子”是时时处处移动着的，但物理学的分析对象并非如此。这个根本差别是在移植模型方法时不能不严格加以区分的。

4. 经济学模型的“不完全性”

经济学模型运用还有一个更大的麻烦：毕竟经济学模型不能涵盖研究对象的全部范围，因为不能纳入模型，而不得不忽略现象的某

---

① 《三种文化——21 世纪的自然科学、社会科学和人文科学》王加丰等译，上海格致出版社，2011 年 3 月中文版，第 30 页。

② 同上书，第 160 页。

些因子。于是，仅仅根据模型来推论其数量关系即意味着：不能被测量的现象并不存在，这显然是一个背离事实的无奈假定。爱因斯坦在普林斯顿大学的办公室里的一块牌子上写道：“不是每一种有价值的东西都可以计算，不是每一种可计算的东西都有价值”。①

在经济学分析的范围从生产向生活扩展后，这一点尤为明显。生活质量有两种不同的组成部分，一种是指带来物质舒适的物品、健康和长寿；另一种指一个社会成员的心理状态，二者截然不同。经济学家本应该为这些不同的偏好发明各种尺度，不能把它们视为可以累计的数值。② 但是，因为经济学家缺少各种灵敏的方法，无法测量人们所渴望的目标以及达到这些目标的预期，所以它们只好冒险无视不太理性的、情感和道德的因素对经济选择的影响。③

经济学模型当然有很多成功的案例，这种成功激励着后来的经济学人勇往直前。甚至，有些人在掌握了一定的经济学模型后，竟然不能容忍自己对经济现象有所不知，俨然一副包打天下的派头。

然而，经济学模型并不是万能的。比如，当我们问及人类生命价值时，依靠成本效益方法来分析行为后果明显是不可能的。④。一般而言，在一个本质是不确定的世界上要达到确定，等于迫使社会将自己止于某个无法容纳自己的小盒子中。⑤

---

① 《三种文化——21世纪的自然科学、社会科学和人文科学》王加丰等译，上海格致出版社，2011年3月中文版，第106页。
② 同上书，第165页。
③ 同上书，第178页。
④ 同上书，第170页。
⑤ 同上书，第169页。

5. 经济学定量分析中的“可加性”问题

经济学方法的物理学移植带来的另一个基本问题就是不同数据间的“可加性”。

杰罗姆·凯根指出：“社会科学家受为所有的概念发明持续的数字标尺的困扰，这迫使他们把各种非常不同的现象聚集在一起。这种做法的好处是一个人可以估计某种方法、某个标准差（standard deviation）的数值（values）并利用相关的统计技术，估计出所观察的成果不是某个偶然事件的概率；其不利之处是不同的现象常常被集合在一起。智商、不安全型依恋（insecure attachment）、国内生产总值等，都是由不同根源的事件构成的概念的例子。”①

相对于其他社会科学而言，经济学家拥有货币度量标准的独特优势，然而对这一优势也不能滥用。不是任何事物都有价格，也不是任何经济现象都可以相加。对经济学现象的“可加性”，我在《话说没头没尾的“大作业”》（载于《经济学茶座》第58期）中已有说明，这里就不再赘述。

6. 经济学模型的“假设之假”

我们知道，经济学家在构建经济学模型时总需先考虑种种假设、前提和条件。所以，这些假设、前提和条件是模型的应用者须首先关注的。如果连这些“前置构件”都存在问题，那么模型成立就失去了依据，应用就没有意义。

---

① 《三种文化——21世纪的自然科学、社会科学和人文科学》王加丰等译，上海格致出版社，2011年3月中文版，第105页。

然而，经济学模型中的假设还有不少值得质疑之处，有其脱离现实之处，也就是我所说的“假设之假”。

杰罗姆·凯根告诉我们，“经济学家倡导的各种形式模型都基于这样一个有争议的前提：个人总是通过不受他人行为或经济立场的影响而作出理性的决策，试图使自己的经济利益最大化。这样经济学家就像弦理论家，因为两者都包含各种变量，这些变量要么未曾加以测量，要么甚至当前还不可测量。”①

除了理性选择，还有其他需要深思的假定。比如，最流行的沟通网络模型假设，任何两个人之间的联系强度总是一样的，而且任何两个个体之间只能存在一种联系。这两点都与现实不符。

再比如，纳什的博弈模型建立在四个假设上：所有游戏参与者（1）都能准确地评价自己的动机；（2）具有相同的讨价还价技巧；（3）充分了解其他参与者的爱好；（4）参加游戏时不能互相交流。显然，这四点对经济主体的要求过高，是完全不现实的。

经济学模型离不开参数，但如果模型包含了太多开放的参数，其数值随着环境条件的变化而变化，就会造成计算结果的多种可能性。约翰·冯·诺依曼当年常说，给我 4 个参数，我能造出一头大象，有 5 个参数，我能让它摆动鼻子。这个说法形象地告诉我们，参数质量对分析结果的影响之大。

按照杰罗姆·凯根的介绍，“当量子论摒弃了牛顿的观点及其数

① 《三种文化——21 世纪的自然科学、社会科学和人文科学》王加丰等译，上海格致出版社，2011 年 3 月中文版，第 156 页。

学方法时，二十世纪的经济学家当众坦言他们不再以物理学作为他们的研究模型，尽管许多人在论及效用时继续使用同一些方程式的各种变体。效用概念因太具有心理倾向而变得模棱两可，当经济学家对此感到不满时，保罗·萨缪尔森（Paul Samuelson）用从实际消费的总数据中推断出的‘显示性偏好’（revealed preference）的概念，取代效用的概念，问题是消费行为并非总是泄露人们偏好什么，因为现实条件限制了他们的真实愿望。许多贫穷的成年人喜欢新鲜的羊角面包（croissants）当作早餐，但其实只能吃上隔夜的白面包。”①

近些年，经济学的行为实验大行其道。实验可能揭示出经济主体的行为规律，但也不能迷信其结果。因为，在一种人为的实验室环境里，行为者的表现并非总是在真实生活环境中下的表现。② 仿真毕竟只是对真的模仿，其结果并不必定为真。什么事儿不是身临其境，没有切身体验，假想自己或他人面对某种选择的反应，恐怕会离实际相去甚远。在自然科学中，小剂量的实验结果或许可以按比例放大，在社会科学中就难以如此线性预期了。

不幸的是，在任何社会科学中都不存在像物理学那样起同样作用的等式，因为在各社会和个体内部存在着各种重要的调和过程，当各种社会、心理和生物的时间越过一定的价值观时，相应的调整就会展开。社会、心理和生理现象之间的关系异常复杂，而大多数经济学家的模型都大量剔除这些关系的复杂性，以至于他们的模型不适合

---

① 《三种文化——21世纪的自然科学、社会科学和人文科学》王加丰等译，上海格致出版社，2011年3月中文版，第155页。

② 同上书，第181页。

自己试图解释的现象。①

7. 模型有效空间与现实空间之异

从空间意义上看，所谓假设、前提和条件的考虑，实质是在确定模型的有效边界。若干假设、前提和条件结合在一起，经济学模型的有效空间便形成了。如果这些假设、前提和条件可靠，那么在此边界内，模型所揭示的数量经济关系是可以成立的。然而，并不是这些假设、前提和条件成立，经济学模型就可以大行其道了，使用者就可以高枕无忧了。

我们还应该清楚地意识到两点：首先，我们不可能只在模型的有效空间里应用此模型，而必须将之置放到经济现象的现实之中。其次，模型的有效空间往往小于现实空间。如此说来，当我们把一定理论空间内有效的模型应用到现实空间时，理论空间与现实空间不一致就会带来结论的偏差，这偏差就会影响到决策结论。因而，我们在使用经济性模型时务必保持清晰的边界意识，要设法考虑放松假设、前提和条件后的影响，由于放松所带来的结论偏差到底能否接受？

旨在描述一系列事实的数学方程式，只是指出事物是什么(What)，并不能解释这些事件怎样（How）发生和为什么（Why）发生，对该结果的背景或确切性质也没有详细说明。构建经济学模型，是从具象到抽象的过程，而应用经济学模型，则是一种还原，是从抽象到具象的过程。既是还原，就需要把一定时空下的特殊因素再

① 《三种文化——21世纪的自然科学、社会科学和人文科学》王加丰等译，上海格致出版社，2011年3月中文版，第177页。

添加回去。唯有如此，经济学模型才是真正“管用”的。

8. 经济学作为学生的不足

尽管我们的学习态度几近虔诚，但经济学对物理学的移植似乎还不够彻底。

物理学十分关注模型的现实性质，表现出一种忠于实际现象的精神——物理学模型必须接纳各种已知的事实。比如，在解释许多天空现象时，托勒密宇宙模型跟牛顿模型一样好，但它认定太阳围绕地球旋转，就被牛顿模型取代。

然而，经济学主流并没有认真对待种种质疑，经济学人多热衷于追逐方法创新的前沿，反而忽略了基本问题的研究。当然，经济学模型的有效性并不像物理模型那样容易判断，所以，其无效性也难以判断。

另外一点，自然科学也并不是以数学模型作为唯一的表现方式，许多重大发现都是意料之外的经验观察，其结果用语义形式或图表形式加以表述。在自然科学中，数字、语言和图表这三种人类心智工具都会得到运用。所以，强调经济学必须以数学模型为唯一表达方式，超乎自然科学，实在是过分之举。

“控制论之父”诺伯特·维纳认为，社会科学家并没有完全理解物理学家的理智态度。他特别强调，如果要仿效现代物理学，数学经济学必须从批判性地叙述这些定量概念开始。

学科移植的“唯数理观”还引发了一个基本问题：经济学是由其研究主题界定，还是由其表现方式来界定？就一个学科的科学性而言，内容和形式孰更重要？

总之，包括经济学在内的所有社会科学都还处在发展的早期阶段，严格来说，还是“发展中学科”。

9. 应用经济学模型的三点小建议

前面所述，“无条件移植”、经济学模型的“不完全性”、定量分析的“可加性”问题、经济学模型的“假设之假”、模型理论空间与现实空间之异，如此等等，都是套用经济学模型可能会遇到的种种陷阱，或者说是应用时所存在陷阱的种种表现。

确有陷阱，那该怎么办？

我提出三条建议供参考。

其一，执中庸立场，持批判态度。

对经济学模型，既不能因其位于主流而迷信而盲从，也不能因陷阱的存在而却步弃行。采取中庸的态度恐怕比较适宜。要努力应用但不滥用不套用，“活学活用”而非“死学死用”。按照诺伯特·维纳的意思，保持一种批判的科学态度，探索经济学数量分析的方法论。

其二，不求最优，但求较优。

单项的经济学研究只追求有限的目标，不奢望得到最优解，只要能得到相对好的结果。在已有的分析中是比较好的，是有所改进的，是更接近于经济真实的。

其三，老实报告方法，善意开放进程。

在研究中，努力避开陷阱。在报告成果时，老老实实把自己所用的方法交代给读者。成果都是阶段性的，本研究还有哪些不足，也应该真正地说清楚，以免后人再走弯路，也便于人家发现陷阱。

此外，数字、语言和图表这三种人类心智工具在经济学研究中都有其用武之地，从分析与综合的需要出发，不但重视数字，也借重语言和图表，以期救偏补弊，会不会更好些？

（本文曾发表于《经济学茶座》第59期）

话说没头没尾的“大作业”

这些年评阅了好多经济学方面的硕士、博士论文，可能是由于经济学的致用性质，多数论文是应用性的。我的一个突出感觉：现在这些应用性论文的一个最大的毛病就是做“大作业”，或者从实质上看，论文其实“没头没尾”。而且这是个通病，或者说几乎形成了一种值得关注的趋势。

毋庸置疑，这些学位论文的中间部分大多看上去很好，经济学模型很漂亮，往往是最前沿的、最流行的，有证明推导，甚至声称带有对模型的改进。模型后面有不少数据，还有分析，咋一看可谓有模有样。

问题在于，好多论文“没头没尾”。

按说，现在论文都是按照洋八股套出来的，前必有文献综述，后必有政策建议，不然哪能通过导师这一关？头和尾在表面上还是有的，不过往往有张冠李戴且削足适履之嫌。

做任何研究都要从已有的思想材料出发，所以得有相关领域的文献综述。然而文献综述只是个基础，目的是要引出所研究的问题，应该研究什么，为什么要研究它？研究它采用什么分析工具为佳？这是论文中间所用模型的来由，二者存在着不可或缺的内在逻辑联系。

所谓“没头”，就是这些文献综述往往是形在而实不至。

有的论文只是将本领域内的相关文献罗列出来，国外学者怎么说，国内学者怎么说，洋洋洒洒，长篇累牍。什么都提到了，就是没有自己的理解、认识，更不用说比较和评论，没有研究者的系统加工。打个比方，等于是砖也给你摆上了，水泥给你摆上了，钢筋也给你摆上了，摆上之后他不管了，他另搞一套自己建房去了。

这种做法只是罗列，是陈述而不是综述，有述而无综。

本来，论文前面的重心在于研究意义的交待，我为什么非得研究这个问题？经济学致用，那就是社会经济现实中碰到了重大问题，需要学者深入来思考。思考的必要，自然得有对研究前沿的概括。

那就必然会有以下问题：现在这个研究做到了什么份上？国外国内学者做了哪些工作？已有的工作成果中有那些共同点？又有那些不同点？不同学者的观点不一样，其原因或认识背景究竟是什么？在这些共同点不同点中，那些是好的是优点？哪些是不足的？有没有是前人研究都忽略和遗漏的？

对这些问题，我 1990 年做博士论文时曾用“四点论”加以概括，搞清楚前人研究的共同点、不同点、优点和弱点，才能真正开始自己的研究。“四点论”的概括倒不一定准确，但我以为只有较为全面地回答了诸如此类的问题，才是真正的文献综述，才能逻辑地导出后面自己想用的模型。

分析工具的选择依赖于对问题的理论认识并促进认识的深化，二者可以形成良性循环。模型的试用很可能会促发新认识的产生，但思考的逻辑起点则必定是待研究的现实问题。否则，贴上去一个文献综述，论文中的模型横空出世，来而无影，论文其实“没头”。

“没头”的论文也往往“没尾”。

应用性论文的结尾部分缺不了政策建议，研究目的在此！然而值得关注的是，好多学位论文的政策建议都大有问题。先是篇幅上就不够，与模型部分很不匹配，有的甚至只有几页纸。看上去份量很重的论文，到人家想看你“高招”的时候，却乏善可陈。更要命的是，这些建议与前面的模型、数据分析是断开的。好多建议都是从不知哪里 copy 下来的，是一些套话、空话、废话。其特质是：似乎绝对正确，但信息量几乎为零，路人皆知，似曾相识燕归来，压根儿不用论文作者再来提什么建议。

我去参加论文答辩，愿意从这儿挑毛病，一挑一个准儿。我的提问如下：前面那些模型和数据分析都不要，光这些政策建议的话，作为论文去拿学位行不行？肯定不行，对吧？那中间那些模型和数据对你得到这些建议的作用究竟体现在哪里？别人不用模型也能得到这些建议，你用了高深的模型也只得到这些建议，那你用模型的意义何在？按照奥康姆剃刀，那些模型是不是应该统统剪掉？当然，这种问题到了答辩时节已无法回答。

政策建议成立与否与前面的模型、数据分析关系不大甚至无关，实际上论文没有尾，这个结尾是遵照洋八股的规定硬接上去的。这样做，比狗尾续貂都不如，因为这个尾巴已经严重动摇了模型在此应用的正当性。

这类论文的自述不足往往是：数据不够，是经济统计的缺陷把我束缚住了，英雄无用武之地，我有能力做分析却没法做。这说法实际上是在给自己找借口，推卸责任。需要进一步研究的问题也往往是虚幻的，是那些等社会进步了，有数据基础了才好办的问题。可见，结尾部分的论文不足和进一步研究方向也是硬贴上去的。

还有论文的参考文献，英文的打冲锋，中文的断后，动辄数百篇，蔚为大观。答辩时如果挑出一篇问作者从中得到什么具体的启示，所答往往极为勉强。其实，好些名家大腕儿都不过是陪绑的“壮丁”，作者在论文付印前才拉过来的，似有以貂尾示人之状。

因为“没头”，所以“没尾”。模型与文献综述的逻辑脱节，很容易导致政策建议与模型的逻辑脱节，模型实际上处于上不着天下不着地的悬空状态。

好多研究生把注意力都放在中间的模型，关注的可能就只是两点：模型是不是时新？怎么能把数据凑出来？这不是在做“大作业”吗！如此研究，最后能得出真正的结论只是：我会用这个模型，仅此而已，这恐怕不是真正的研究。

既然是没头没尾的大作业，为什么在经济学研究中得以盛行？

一个重要原因可能是不同科学文化理念之间的矛盾。

对不同的人而言，同样的术语其指称的含义可能大为不同，科学二字就是这样。最广义的科学概念，包括了自然科学、社会科学和人文科学。然而，不少人认定只有自然科学才称得起科学，更有极端者，只有数学甚至纯数学才当得起科学二字。

美国著名发展心理学家杰罗姆·凯根（Jerome Kagan）在《三种文化——21世纪的自然科学、社会科学和人文科学》[①] 中指出了"各知识学科中的身份等级制度"，"一个类似于太阳系的力场（force field）"，"在这个类比中，物理学是太阳，数学是其核心，化学和生物学是附近的行星，在离中心越来越远的轨道中，有经济学、语言学、心理学、社会学和政治科学"，"历史学和哲学位于更远的轨道"，"在这个假设的宇宙的遥远边缘是艺术和文学"。

在这个力场中，不仅是自然科学对社会科学和人文科学的轻视，同时也有自然科学内部不同学科间的等级观念。尽管多数学科都处于既可轻视他者又被他者轻视的二重地位，"学者相轻"还是成为一个相当普遍的现象。就是在搞纯数学的人当中也分高下，最聪明的脑瓜认定，搞不了经典数学的才会去搞什么概率论、模糊学等。按这个逻辑下来，自然是搞不了纯理论的才等而下之，转去搞应用，比如搞物理，搞化学，搞生物，搞数理统计等等。

人们把追求对事物数量关系的认知混同于对事物的认知，把精确性混同于正确性，在这种单一维度下，滋养了"唯数理观"的两个基本认定。一是"数理便是科学的全部"，其他的一概不是科学，不配称为科学，顶多是数理的应用。再一是，数理方法放之四海而皆准，什么假设、前提、条件诸应用环境统统都不重要，应用时自然而

---

① 《三种文化——21世纪的自然科学、社会科学和人文科学》王加丰等译，上海格致出版社，2011年3月中文版，第210页。

然就可解决。

数学自然放之四海皆可用，但并不笃定放之四海而皆准，“可用”并不等价于“皆准”。其实，越是根本性的学科，越是应用面广的学科，就越属于方法论学科。而方法论学科与实质性学科有相当大的区别，在人类的认知中有着不同的使命，并不能只从方法论的维度来分辨高下。数理方法是抽象的，要切实加以应用，就得还原到具象。这就得有对实质性学科的掌握，如此才能还原得好，不然的话，这种还原很可能是失真的。

我曾做一个概括：再复杂的数学模型都可以归结为四则运算的衍生品，无非加减乘除，根基上就是小学生的算术，只不过在怎么加减、怎么乘除上有所创新深入。谁都知道，减是加的逆运算，除是乘的逆运算，所以四则运算实际上就是两则，或加减，或乘除。因而，任何计算最基本的前提，就是可不可加和可不可积，即“可加性问题”和“可积性问题”。这两个问题不解决好，后边模型再复杂，也是基础悬空着的大厦。而要解决可加和可积问题，必须依靠与实质性学科的结合，并不能只凭方法。

数学当然是非常重要的，现代社会的科学研究中，做定量分析是必须的。不过数学并不是科学的充分条件，自然科学家J·D·巴罗（Barrow）指出：“不存在能够表达所有真理、所有和谐和所有简单性的公式，从来不存在能够提供全部见解的万用理论（theory of Everything）。”①

① 《三种文化——21世纪的自然科学、社会科学和人文科学》王加丰等译，上海格致出版社，2011年3月中文版，第233页。

可以打个比方，数学方法与科学研究的关系有些类似基因与人的关系。没有基因的话，人肯定就不是人了。但若是只有基因，人还成其为人吗？人之所以为人，必定有社会的、哲学、精神层面的东西，只有基因，人就与动物甚至植物无异。数学与科学也有类似的关系，没有数学，不会是科学；但只有数学，科学也不成其为科学，数学与科学多数情况下是伴生的，是不可分割的，否定了其他科学，往往也就否定了数学本身。

可见，唯数理观并不科学。

也有不少人并没有那么严格的科学理念，而是出自研究资源配置考虑的博弈行为。

经济学研究越来越流行，吸引了越来越多的学者，可真正搞通经济学也越来越难，这根源于研究领域上和方法论上的两大扩展倾向。受数理学科强大力场的吸引，经济学在方法论上要提升、趋于严格。经济学试图从软科学升格为硬科学，必然倾向于数学化和物理学化，学科借以走向精细化。但是这个倾向实质上与其研究领域的扩展有相悖之处，因为相对而言，经济领域的东西还容易定量，越是涉及社会、心理、政治、资源、环境的现象越难测度，所遇到的可加性问题和可积性问题越多，也越复杂。方法上要严格计量，对象上又难以测度，这是一个很大的矛盾。

然而并没有那么多学者具备了克服这个矛盾的自觉意识和能力。对相当一批人而言，经济学研究不过是一个饭碗，他们要发论文、要获奖、要拿学位、要晋升职称。所有这些职场之“要”都无可厚非，但如果只是把论文当成敲门砖，没有经济学学者使命感和学科的庄重感，不是用自己特有的学术贡献来换取应得的社会认可，研究就变味了，就徒有其表。

杰罗姆·凯根指出，“当1950年后经济学变得越来越数学化的时候，大学里那些喜爱数学但又无法确定自己是否有能力对正轨数学作出独创性贡献的资深老师，常常选择经济学，因为这个领域为他们使用自己的才能提供了可能性，不一定是因为他们对理解各国的经济极其感兴趣。”①

如果不是出自学术兴趣，只是盯着学术资源的配置，只是盯着如何过评审关，就容易借学术之名取巧甚至投机。人类的心智工具有三大类：数学概念和方程式，语义网络和图式表征。三者的精确程度不同，数学模型具有说服读者的表现优势。物理学方程式虽然费解，但似乎具有确定性，就好像一个医生使用拉丁文开处方，其权威性自然加强了。② 获取知识就是为了减少不确定性，而定量分析的结果似乎达到了此目的，因而具有形式上或表现上的优势。

有的人深谙此道，于是就把功夫用足在数学模型上，只要能把评审者的眼球占住就好。有的人做研究不是真正把问题搞清楚，不是使自己和别人明白，而似乎是极力把人挡在门外，取得学术资源的垄断地位。同时还把责任推给读者，似乎读懂的人越少，他的学问就越显得高深，至于对社会的实际用处并无所谓。这往往出自匠人的心态，缺乏知识分子的雅量。

---

① 《三种文化——21世纪的自然科学、社会科学和人文科学》王加丰等译，上海格致出版社，2011年3月中文版，第37页。

② 同上书，第156页。

经济学致用主要应该是致济世之用。

诚然，经济学中也有纯理论和方法论的研究，但多数还为应用研究。所以，多数经济学学者并不能把自己关在象牙塔之中，而应该着眼于社会经济现实。因此，只有数学理性还搞不好经济学。

我们的经济学是从国外学习过来的，有一个如何叙述中国故事的大问题，也有如何避免其唯数理倾向的大问题。特别是，中国学生是从高考模式中挤压出来的，长于做数学作业，短于社会接触，思维模式需要用心调整。

经济学学习当然要注重教科书，这是为了锻炼自己的逻辑思维能力，是让人钻得进去。但总拘囿在这里面还不成，进得去还要出得来，逻辑思维太强也有它危险的一面，太强就不容易跳出来，人的思维往往就被束缚死了。研究创新同时必须具有发散性的思维，上得了天还须落得了地，悬在那儿不成。

经济学思维是多维度的，不只具备数学理性。让自己的经济学思维多向度，一个重要渠道是品读经济学散文，往往经济学大家才能写出优秀的经济学散文。经济学理论和方法论怎么与现实相联系，现实当中看似平常的这个事儿，他怎么就能跟经济学连接上，他是怎么连接的，要多琢磨。这种思维训练不像数学计算，多做几遍题就可能学会，而且可以突击学习。经济学思维训练得经历长时间的熏陶，得多读闲书，问题意识系于心上，现实中经常尝试着独立思考，慢慢经济学的感觉才能出来。真正有了经济学的感觉，再搞研究才可能融汇贯通，写出论文才能有头有尾，身段也才真正是自己的。

针对当前经济学学习和研究中的唯数理倾向，我认为应该倡导评审论文的“品头论足法”，不是专门抠模型和数据分析的细节，而主要看论文头尾与中间模型的经济学逻辑关系，这样做的评委多了，估计没头没尾的“大作业”会大大减少，社会从经济学研究中的收益也许会提高。

（本文曾发表于《经济学茶座》第 58 期）

成本效益分析的几条软肋

打工，过日子，当老板，不管处于什么位子，无论碰到的事情大小，总得做决策。既费了心力，又希望决策正确。在现代社会，遇到重要项目就得靠科学的决策思想和得力的定量工具。成本效益分析（Cost－benefit analysis，以下简称 CBA）就是人们常用的精确化决策工具之一。

要是按照学院派学者的高头讲章，这成本效益分析可是神乎其神，没有数学模型断然难以规范完成。您看教科书中的规范定义：成本效益分析是通过比较项目的全部成本和效益来评估项目价值的一种方法。作为一种经济决策工具，其基本原理是：针对某项目提出若干实现目标的方案，运用一定的技术方法，计算出每种方案的成本和收益，并依据一定的原则加以比较，选择出以最小的成本获得最大收益的决策方案。

又是基本原理，又是技术方法，巍巍然一本正经，然而它还是扎根于现实的土壤里。在日常生活中 CBA 的基本思想到处可见，像人们口头上挂着的“赔本”、“包赚”，还有“合算”之类的用语，就体现了百姓骨子里对成本和效益的讲究。

当然，成本效益分析自有其丰厚的科学内涵，不然就不可能流传下来，不可能成为一项专门工具，吸引那么多人费时费力去学去用。只是我们在学习和使用时得存有戒心，它固然很有用，但也有其软肋，有时没那么神，不可尽信，不可完全依赖。

前些天出席一个课题论证会，涉及到成本与效益的对比，刺激我动了一番脑筋。粗粗想来，大概它有这么几条软肋，值得格外注意。

先是 CBA 的时空维度把握。

不管成本，还是效益，总是跟一定的时间空间相联系。时空一变，本钱和益处就很可能随之而变。成本多少，效益如何，就看你分析时的时空维度究竟怎么确定。如果考虑的时间过短，范围过小，成本可能没那么大，效益同时也会少算漏算，决策如何正确？

古贤者云：不谋全局者不足以谋一域，不谋万世者不足以谋一时。在进行成本效益分析时，对象把握上通常应该是长期比短期好，全局比局部好。

可也不是时间越长越好，空间越大越好。

首先是这“长”这“大”没有尽头，难以企及。时空是由种种事物构成的，而事物总是相互联系着的，没有直接联系，还可能有潜在的间接联系。美国气象学家爱德华·洛伦兹（Edward N. Lorentz）有一个形象的说法：“一只南美洲亚马逊河流域热带雨林中的蝴蝶，偶尔扇动几下翅膀，可以在两周以后引起美国德克萨斯州的一场龙卷风。”蝴蝶效应的客观存在，使得人类没有权力断然切开事物之间的联系。要命的是，成本效益分析的对象范围必须有所限定，非得切它一刀。从时间上看也是这样，事物还在发展过程中，我们可以确定某些时间节点，但决不能断定节点之后事物就不再相关。

成本效益分析的定义可是指令明确，要求我们定量分析“全部成本和效益”。真是脚踏实地去应用，“全部”二字是无法落实的。此时就用得上“尽信书不如无书”之古训，教科书中强加给我们的不过是一个虚幻的要求。

在分析范围选定上还存在一个隐含的矛盾。时间越长，空间越大，难以确定的因素就越多，成本效益分析的结果就越难把握。本来CBA是精确化的工具，随着对象范围的扩大，定量分析的效果却往往走向了反面。分析的全面性要求与精确化要求实质上存在着矛盾，二者是相悖的。

于是，长期到底该有多长？全局到底该有多全？这个“度”究竟如何把握，或者说，成本和效益的边界确定问题，这是成本效益分析面临的首要问题。

确定了分析范围，又会遇到隐性成本和隐性效益的显示度问题。

我这里用的说法是隐性和显性两类，也有的人将成本和效益区分为有形和无形两类，或者硬型和软型两类。比如无形收益（Soft benefits）等等，叫法不同，所指称的对象则是相同的。

在成本效益分析中，本身显性的成本和效益相对容易处理，但在决策时还必须考虑隐性成本和隐性效益，这是落实所确定分析范围的难点所在。将隐性成本和效益显化，是CBA避不开的问题。不考虑隐性部分，分析就不完全；而考虑了隐性部分，又不容易准确，这又是一个两难的问题。

隐性部分应该考虑多少，意见往往不一致，公说公有理，婆说婆有理。于是问题演变为：到底听谁的？谁具有最终裁定权？或者说，谁具有最终定价权？

比如，在发达国家卖给我们的废弃物中，我们能分离出可供二次利用的工业材料，这是显性的收益，投入劳力拆卸，是显性的成本。但总还是会有一部分无法利用的废弃物，这部分又该如何处理？掩埋还是焚烧？它对土地或空气所造成的污染（再次污染）如何估价？在分拆过程中劳工身体所受到的污染（二次污染）伤害又如何估价？这些都是隐性成本，短期可能无法精确地测度它们，但它们的存在却是不争的事实。

中国这些年经济总量增长很快，污染也变得非常严重。我们知道，天底下并没有只带正能量的活动，任何生产都必然有投入、有产出、还有废弃物伴生，任何人都是垃圾的生产者，我们必须正视自己造成的污染。但同样不容忽视的是，在中国的总污染中，除了内源性的这部分外，还存在着外源性的另一部分——中国确实有一部分污染是从国外进口的，还有相当一部分是为了出口产品而发生的。

作为世界的加工车间（好多产业没有核心部件的生产，实际上够不上世界工厂），我们为了那么一点点微薄的毛利，为了名义上的GDP，为了低层次的就业岗位，为了这些显性的收益，除了劳工的辛勤工作，我们还留下了废水废气等污染物，中国落下了争夺资源和市场的黄祸恶名。近年来好多劳工受害者身心两残，国民的身体素质也有所下降，这与我们不顾代价扩大出口究竟有多大关系？究竟如何估价这些隐性的成本？

在经济增长方式这个最大的国家项目上，究竟该不该进行成本效益分析，又如何进行成本效益分析？为止渴而饮鸩行不行？为了保增长，为了政绩，我们真的应该引进污染吗？我们真的可以无视“大进大出”所伴生的污染吗？发展是硬道理，到底有没有底线？举个极端点的例子，为了高额经济利益，或为了安排农民就业，难道我们能够去大量种植罂粟吗？

隐性成本不好计算，隐性收益也同样。比如，1977 年当年恢复高考，是邓小平的果断决策。当时印试卷缺乏纸张，居然挪用了印刷《毛泽东选集》（第五卷）的纸，这成本在“两个凡是”的年代可包含着巨大的政治风险啊！对其效益究竟怎么看，如果拖到 1978 年再恢复高考，只是晚半年，1977 年上大学的高龄学生中有多少人会放弃？有多少人会失去这一改变命运的机会？这部分人对国家改革开放的贡献究竟怎么估价？

不管显性部分，还是隐性部分，都须估价，于是又得面对价格信号的失真度问题。

要比较成本和效益，得先把各类成本和效益加总，最后对比的应该是总成本和总效益。加总往往得靠价格，到目前为止，价格仍然是人类最合用的加总因子。

可价格也不是万无一失，如果市场失灵，哪怕只是部分失灵，那么价格信号就可能失真。问题恰恰在于：世界上压根儿就不存在完全自由竞争的市场经济，现实往往是存在着政府垄断和企业垄断的混合经济。只要有垄断存在，不管是政府的，还是跨国公司的，那价格就不会是市场供求的真实反映，就会有一定程度的失真。

对主张市场调节的人来说，政府行为显然造成了价格的严重扭曲。比如大陆的高档餐馆，还有花卉业等，在新政宣布八条节俭纪律后，订单大减，原来的价格难以维系，这说明并不是市场供求水平已经充分提升，高位价格不过由官方消费支撑。

然而并不只是政府行为导致价格扭曲，跨国公司的干预力量甚至更为强悍。美国 ABCD 四家公司主导了全球农产品市场的定价权，中国作为供需大国本该参与作为，至今却只有听喝的份儿。世界三大信用评级公司主导了各国金融信用等级的生杀大权，欧洲中央银行的专项研究“意外地”发现，这些本应公正的评级巨头也存在关联交易倾向——屡屡抬高与他们有业务往来的公司的信用等级。

价格不光失真，失真的程度还有所不同，不易把握。价格信号失真有时大些，有时小些，有些事项大些，有些事项小些，很难确知其大小。失真小时或许可以忽略不计，对成本效益分析并无大碍。失真大到一定程度，成本和效益的计算就容易被误导。

社会现实中存在着不同的价格机制。比如在发达国家，对居民的废弃物都是实行“抛弃收费”的制度。但是在中国却有“收破烂”一说，现在国内大都市居然出现了破烂王，他们垄断可获利废弃物的回收渠道，发了大财。不管卖钱多少，居民家中部分废弃物有人来收，不用费力抛弃，还能得点小钱，这与发达国家形成机制上的反差。

不过，还有一个反差却被国人忽视，发达国家个人抛弃废物是收费的，但他们的企业和国家往落后国家出售废弃物，不是抛弃缴费，而是抛弃得钱！为什么发达国家对内和对外形成了这种行为反差？到底哪种方式才是对市场供求状况的真实反映？哪一种价格机制才代表了社会的进步方向？

对难以估价的成本和效益，特别是隐性部分，人们创造发明各种方法，直接也好，替代也罢，总是设法找出答案。但如果遇到极端的情况，有些成本和效益就是无法用价格估量，那么这部分又如何放到总成本和总效益中？

除去私人物品外，估价中还有市场化和公益化的平衡问题，公共产品的定价完全依照市场供求法则行不行？市场是不是过分看重经济效益而忽略社会效益？是否过分看重短期效益而忽略长期效益？是否过分看重效率而忽略公平？在企业之外，是否需要政府和NGO（非政府组织）等社会组织的调整？政府干预对市场完全是破坏性的么？如果还有社会调节的一面，那又如何区分其行为的正当性和非正当性？

就成本效益的估价而言，市场失灵时的价格扭曲、价格信号失真度的差异、无法估价部分的计入，还有公共产品的定价基准，这四点使得价格尺度本身具有弹性。当然还可能存在其他我尚未想到的原因，也会造成价格度量尺子的刚性缺失。无论如何，尺子有弹性，测量就难免操作风险，很容易造成CBA结果可靠性的降低。

当然，所有价值指标都会面临价格信号失真的问题，越是强调定量的精确性，受到此问题的困扰就越大。对于强调所用方法精确性的，人们的警惕性也就更应该提高。

令人费神权衡的，还有成本和效益的变化组合。

决策有不同的方案，也涉及不同的时间段。

成本走向可能先小后大，也可能先大后小。比如盘山路和隧道相比，盘山路的前期开发成本较低，但使用和维护成本则持续较高；隧道开发成本前期特高，但使用成本与盘山路比则大大降低。

效益也会出现不同变动形态，收益曲线先高后低或先低后高。比如高危岗位有特殊津贴，前期收入很高，一旦身体受损，收入会急剧减少，以致为零。再比如，读 MBA 学位前期可能需要自己担负高额费用，一旦学成找到高薪岗位，收益可能大幅升跃。

成本和效益的变动组合在一起，变化就更为复杂。二者同时下降，或同时上升，或一升一降，还可能一个固定一个变化，或即使变化，变化速率却互不相同。

不同历史阶段，人们对成本和效益的认可不同，给予的权重也不同。权重不同，成本和效益的贴现率就不同，成本效益分析的结果也就可能出现巨大的差异。

在进行成本效益分析时，格局狭隘不成，大而无当也不成。“长”中还该有“短”，所谓“短”就是分析时要注重历史时期中的阶段性特征。“全”中还得有“局”，这个“局”是局部的局，就是分析时还真得注重共性规律下的特殊性问题。在大时空中对特定“小时空”给予更高的权重，重点考虑。不光具备“大局观”，还同时具备“小局观”，这是决策时也该注意到的。

比如，发达国家对废弃物通常是两种处理办法，一是一弃了之，二是循环再生利用。中国作为一个新兴的人口大国，我们在经济链中的地位可能提升，也往后发国家推卸废弃物，这老路能不能行得通？恐怕不成。现在信息流通发达，即便在发展中国家，民众的环保意识也在强化，此其一。而且，我们人多废弃物也多，哪个国家能承接得了中国的废弃物？可见，中国只能以循环再生利用为主，明确这一点，现在行动为时并不算早。

再比如清洁能源。清洁当然受欢迎，欧美发达国家离不开能源，有清洁能源让他们受用更是好上加好。可是在目前的技术水平条件下，清洁能源设备的生产中却必须使用严重污染的中间产品，这就造成了清洁能源生产成本和使用效益间的巨大反差。

比较典型的是太阳能的利用，多晶硅发挥着巨大的作用。然而生产多晶硅的副产品——四氯化硅是高毒物质。用于倾倒或掩埋四氯化硅的土地将变成不毛之地，草和树都不长。它具有潜在的极大危险，不仅有毒，还污染环境，回收成本巨大。

如果只看到普世大局，似乎中国这样的生产国应该为人类做出贡献，但是中国污染加剧的后果谁来承担？欧美国家甚至并不认可中国人的实在贡献，谁会补偿我们为世界清洁能源做出的牺牲？面对如此格局，成本和效益究竟应该如何计算？普世价值和国家利益的矛盾如何调节？

人类生活可以概括为四大再生产：自然再生产、人口再生产、物质再生产和精神再生产。物质再生产中有自然资源的开发利用，也有再生资源开发利用。所谓再生资源主要就是人工产出品中的闲置物和废弃物，如果不加利用，这部分物质就退出了经济循环，导致新陈代谢的部分断裂。资源有分布，环境无边界，人类非动物，精神会传承，这是人们决策的最大背景。

身处如此复杂的巨系统，我们不可能掌握一两项万能工具去解决所有难题，科学再发达也不成。本文用了“软肋”这个说法，肋者，物质形态上介于骨肉之间，喻意是成本效益分析这个精确化工具硬中有软。既为软肋，支撑和保护自己时就得当心。

在学习和使用成本效益分析时须注意，尽管它属于现代科学定量方法，但CBA的结论并非绝对正确，只具有相对性，千万不可迷信。

不迷信，也不走到另一极端。难道我们可以因为其相对性而放弃CBA么？To be or not to be，生活中人们时常会碰到这一根本性问题，它苦苦困惑着哈姆雷特，其实我们也逃不掉。我以为，答案应该是：To be but not to be too much，还是有所作为，但不过分，秉持中庸之道。

这里还有一个行为目标正确定位的问题。

有一个小故事说，两个人遇到老虎要逃命，一个先系鞋带，另一个问，你系鞋带就跑得过老虎了么？系鞋带的说，我不用跑得过老虎，只要跑得过你就行了。撇开道德因素不讲，系鞋带者的行为目标较为理性，虎口逃命的可能性更大。

我们从事成本效益分析，不是要得到绝对真理，而是要使决策相对正确。我们的最低目标是比拍脑袋决策者科学，毕竟有聊胜于无，通过定量分析可以得出比较靠谱的见解。而当博弈各方都进行成本效益分析时，如果我们把上述种种不确定因素考虑得更到位，那决策的正确程度也就更高。

（本文曾发表于《经济学茶座》第61期）

从"买一送一"说起

——透视社会经济计量中的"可加性"

从"买一送一"说起

如今市场营销招数很多，"买一送一"便是其一，到底是商业小技巧，还真是赔本赚吆喝？其中的内容还是蛮丰富的。

假设你到市场去买一样经常要消费的商品，比如说大米吧，天天得吃，对购买数量的变化不大敏感，怎么选择不同的店家，就颇费思量了。

商业街上，左边大字醒目告示大米打六折，右边则是"买一送一"的大招牌在和风中摇曳，你是当左派，还是当右派？这个比较还容易，我估摸这多数人会往右边走。

可到了右边，同样是"买一送一"，又有几个店家抢生意：有的是买一袋大米就再送一袋，有的是买一袋大米送一小袋大米，可所送的是精品——东北黑土地出产的“五常大米”，还有的买一袋大米送一小瓶油，进口原装的高级初榨橄榄油。三种“买一送一”：“买一再送一”、“买大一送小一”、“买此一送彼一”，到底选哪家的好？正当你犹豫之间，街对面的卖主又喊话了：“还是过来买我的吧，给你打对折！”

这么多店家忽悠你了吗？没有。确是“买一送一”啊，事先谁也没规定，送的“一”必须是卖的这个“一”啊。店家理直气壮：谁敢说我送的东西不值钱？量少可货金贵啊，比你买的大米超值，为了揽你的生意我还贴钱呢，不就图个回头客交个朋友么，不就为了培养高端客户么。得，店家没毛病（这是我所作分析的约定之一，假设不存在店家欺骗行为，不扯那么远），不同优惠都实实在在，就看你个人的偏好了。

这市场经济确实大有其好，一旦兜里有钱，好多卖主把咱当回事儿，真有“顾客是皇上”的感觉。美中不足是当皇上总得“上朝”，总有太多选择，总得拍板定事儿，太费脑子。“选择”可是个生活中的一个大词儿。

想想你为什么开始时转到右边来，因为左边打六折，右边几乎便宜了一半，你脑子里迅速做出了取舍判断。现在左边又降价了，哪边更实惠？要不要回去当左派？注意，打对折与“买一送一”并不完全相同。左边这家降价对你没有购买量的要求，右边的即使送你所买的大米，也必须是买够了一整大袋才送，是有数量要求的，够了最低量才送，才肯降价。

右边三个店家的比较中，小袋“五常大米”、小瓶高级初榨橄榄油和大袋一般大米，这三样哪个物超所值？恐怕难有定论，不同的买主会有不同的选择，市场经济活跃，就是因为允许五花八门。

有人会说，就买个大米，那么点小噱头，何必斤斤计较？是啊，现在有钱人多了起来，好多人去市场不会这么仔细。不过我这是拿事儿说理呢，把“小中之大”理出个头绪来，试图以小见大，所以先别见笑。分析的约定之一是严格遵照“经济人”假定——行为人总是追求自己利益的最大化。咱还是耐着性子往前走。

买主开始往右转的时候，是受“买一送一”感召，脑子里实际上有过 $1+1=2$ 的算计。到了右边再比较，送的东西不一样，这算术再怎么演算？在抽象的世界里，等式意味着纯数字关系，可到了现实世界里，虽然仍然得依靠数学运算，可模型等式究竟怎样才能成立？那就离不开从抽象还原到具象的过程。

右边店家中，“买一再送一”（英文里叫“buy one get one free” deals 或干脆叫 two for one）以低价求销量，而“买大一送小一”或“买此一送彼一”（英文里叫 buy one item with another 或者 buy one item with another similar item presented free）也属于“买一送一”，则是另辟竞争手段以求顾客。到底哪一种实惠？只用数学（这里只是算术）工具就不灵了，未必是 $1+1=2$，因为两个 1 并不同质，没经过“当量换算”，还不好贸然相加。作为大米买主，需要比较普通大米与小袋精品大米、小瓶橄榄油之间对他的效用。“买一再送一”的总效用是 $1+1=2$，而“买大一送小一”或“买此一送彼一”则不一定，这两种情况的总效用或许是 $1+f(1)>2$，也可能是 $1+f(1)<2$，全看买主内心中精品米、橄榄油与普通米三者之间的“当

量换算关系”，算式中用 f（1）表示。确定这种具体的“当量换算系数”，即确定 f 的值，就是从抽象数值还原为具象量化关系的过程。

“可加性”成了问题

非常小的一个决策，到底买哪一家的大米，包含的决策要素却并不少。决策需要分析，也需要综合。决策总是具备“宏观”意义的，这里所说的宏观，在体量上恐怕更靠近物理学上宏观的含义，而不像经济学里的宏观，规模大到似乎与老百姓没啥关系。好决策一定需要从总体上看问题，从总体上确定决策方案，即决策离不开总体指标。要获取总体指标数值则离不开“加总”运算，因而，再小的决策过程，也包含着一个不可或缺的步骤——系统因素加总。

这就涉及到两个基本问题：加哪些因素？怎么相加？看似非常简单，实则极其复杂。复杂不仅在数学运算模型越来越高深，更在于定性并将其量化时的纠结。

计量时只能加那些可以相加的因素，这个要求意味着：并不是所有因素都可以相加。有的系统因素可以直接相加，有的则不行。有的因素经过处理可以相加，有的则仍然不具备“可加性”，即使勉强将其相加，结果也具有假定性。这些就是社会经济计量中不可忽视的“可加性问题”，然而正因为问题过于基本又往往被忽视。

人们在计量时，可以相加的应该是单位同质物品。比如一袋普通大米与一袋普通大米相加等于两袋普通大米，“普通”标志着大米的品质等级，都是“普通”的，即两袋大米的品质相同，故而数量上可加。但对卖家来说，一袋普通大米不能与一袋精品大米相加，当成两袋大米卖出去，以次充好是欺诈顾客，以好充次则贴本赔钱。

事物的质是有层次的，比如经济产出、实物产品、粮食、大米、精品大米等，层次逐步下降，或产出分类变细。事物是否同质，也有相对性。粮食与粮食具有同质性，粮食与钢铁只能在实物产品层次才可能具有“同质性”，但粮食中大米与玉米又有了“异质性”，就看在哪个层次上定义质的同或异。

事物质的层次确定，主要取决于它对决策者利益的影响程度。对决策影响小的可以提升事物层次的确定，着眼于高层次；对决策影响大的则需降低事物层次的确定，着眼于低层次。比如对国家而言，要计算粮食储备总量，精品大米和普通大米的异质性就可以忽略，二者的数量可以相加以得到总量。但对大米卖主而言，两种大米可卖的价格高低不同，市场紧俏程度以致销量各异，决不可混同。

同质等量相加是把事物内在的“等量关系”显化。如果没有现成的等量关系，又可以忽略其异质性，那就得设法建立起“约当量关系”，简称“当量关系”。比如，在粮食定量销售年代，每个成人每月只有28斤口粮定额。到国营粮店买地瓜也需要占用粮食定量指标，不过地瓜不顶饿，买三斤地瓜只占用一斤口粮。这里，三斤地瓜等于一斤粮食定量，就是一种当量关系。再比如，前面三个“买一送一”店家所送的东西各异，那是市场竞争在赠品之间建立起的一种当量关系，对大米卖主来说，一袋普通大米大致等于一小袋精品大米或一小瓶橄榄油。但是不可能买一袋大米送一个金戒指，因为市场价值的当量关系绝对不会那么离谱。

建立起专门的当量关系，异质品在特定场合下就转化为同质品，就可以相加了，计算结果就具备社会经济意义了。

我曾做过一个概括：再复杂的数学模型都可以归结为四则运算的衍生品，无非加减乘除，根基上就是小学生的算术，只不过在怎么加减、怎么乘除上有所创新深入。谁都知道，减是加的逆运算，除是乘的逆运算，所以四则运算实际上就是两则，或加减，或乘除。因而，任何计算最基本的前提，就是可不可加和可不可积，即“可加性问题”和“可积性问题”。这两个问题不解决好，后边模型再复杂，也只能是基础悬空着的大厦。而要解决可加和可积的问题，必须依靠与实质性学科的结合，并不能只凭数学方法。“可加性”的确是个问题，所以我才专题论说。

人类三大加总方式

按照我的归纳，到目前为止，人类在社会经济计量中主要有三大加总方式，或者说三大综合工具，这就是实物指标、价值指标和合成指标。

总体指标最初只是实物指标。比如，最早的财富指标之一——粮食总量，计算时就可以忽略不同粮食间所含热量等区别，有一斗粮食算一斗，加总在一起，得出一个总体粮食指标。类似的指标还有人口数、男丁数、大牲畜（马、牛等）头数、每年新生儿数、每年生产粮食数等等，这些都代表了一个国家的实力。当然，实物指标的综合性有限，差别过大的物品之间无法建立其当量关系，也就无法相加。比如，不能把人口数和大牲畜头数加在一起来表示总规模。

为了打破实物指标的局限，人们想到了借用价值量。粮食和钢铁，即使计量单位都是“吨”，也不能直接相加。可是粮食值多少钱，钢铁值多少钱，加在一起是有经济意义的。国家的财富一共值多少钱，知道这一点非常重要。于是，用实物的价格把原来不同质的东西联系在一起，价格成了“同度量因素”，还能用来权衡所计量实物重要性的大小，也就是作为“权数”——权衡事物重要性程度的数值。利用价格建立起当量关系，就形成了价值指标。货币是人类最伟大的发明之一，而价值指标则是这项发明的一个副产品。价值指标大大地提升了统计计量的综合性，弥补了实物指标的不足，在更大范围解决了“可加性问题”，是经济统计学家对人类的突出贡献。

然而，解决了旧的矛盾，又会出现新的矛盾。在价值指标替代实物指标成为主导后，随着指标计算范围的扩大，人们又逐步发现，并不是所有被计量的事物都有价格，或都可以用价格计量，这又对价值计量的综合性形成了新限制。有的经济学家主张把“价格”用到极致，将其推广到没有市场价格的事物，尽可能地估计出一个价值，比如设计“社会总资本”指标就是如此。社会总资本不仅包括实物资本，而且包括人力资本、环境资本和资源资本，后三项中有许多因素没有完整的市场定价，指标计算的争议非常大。也有不少经济学家并不看好这种“人为估价”，他们主张另辟蹊径，寻求新的解决办法。

要计算包括非价值因素的整体指标，当前应用比较多的是“合成指标”，或者叫做“多指标综合评价”。为解决“可加性问题”，价值指标是寻求并使用“同度量因素”。与此不同，合成指标是逆向操作：既然无法找到一个通用的同度量因素，那就干脆去掉所有构成指标的量纲，“无量纲化”也就是去掉各构成指标的计量单位，并消去数量级大小的影响，力图以此解决整体指标的“可加性问题”。

前面“买一送一”的大米卖主都用实物单位计量，但实物指标不便做出采买选择。普通米与精品米还能勉强相加，大米与橄榄油则无论如何不能直接相加。如果要确定一家，可用价值指标，比如去打听“五常大米”和橄榄油的市场价格，再与普通大米比较，就知道哪个卖主便宜了。当然也可以用合成指标方法确定备选方案的顺序。那样有些小题大做，不过道理却是相通的。

在社会经济计量中，三大加总指标的使用都须注意经济统计的基本问题。我目前所想到的主要是以下四个。

“不遗漏”与“不重复”

“不遗漏”与“不重复”是计算总体指标最基本的原则之一。好比做局，该来的没来，没请的却不期而至，违背了请客的初衷，局面就比较尴尬。这“不漏不重原则”说出来很容易理解，做起来却特难实行。

“不遗漏”原则主要在于尽可能保证总体指标计量的全面性，确定好相加因素的范围。应该算的尽可能都算进来，以客观反映事物的实际规模和水平。

前面说到，大米买主为了利益最大化，遵循了“经济人”的行为设定，所以才对不同卖家斤斤计较。实际上，这位买主在决策时很可能遗漏了时间因素，把时间耗在跟几个卖家的斤斤计较上，忽视了自己付出的时间成本，考虑的恐怕只是自己的物质利益最大化。如果节省购物时间用于休闲，不深究自己购物的吃亏占便宜，心情可能更好。甚至把时间更多地用于赚钱，相信自己的赚钱本事，知道自己的时间值钱而加以珍惜，赚到的钱可能远远超过选择卖家所省的钱。这两种情况都在更大范围内实现了自己整体利益的最大化。当然也有相反的可能：如果心知肚明自己的时间没啥大用，又陶醉于自己精明购物的过程和成果，精神上得到享受，那专门耗在市场算计也不赖，也算整体利益最大化的一种方式。这个例子告诉我们，把构成因素考虑周全并没那么容易。社会经济现象太过复杂，不像数学世界，1是1，2是2，清清爽爽。

在计量范围选定上还存在一个隐含的矛盾。指标所包含的时间越长，空间越大，难以确定的因素就越多，整体指标的计量结果就越难把握。本来计量是为了精确化，随着对象范围的扩大，定量分析的效果却往往走向了反面。计量的全面性要求与精确化要求实质上存在着矛盾，二者是相悖的。

“不重复”原则的困难主要在于如何处理系统中不同组成部分的交叉。

事物总是相互联系着的，系统内的因素更是彼此相关，不过程度不同，大部分处于“完全相关”和“完全不相关”之间，大部分是

“不完全相关”，这给我们加总出了很大的难题。

在社会经济计量时，对总体及其构成可以有不同的处理手法。比如假定“整体乃是部分之和”，就忽略了这种交叉或相关关系。对于小系统或简单系统，按照这种假定对事物因素简单加总，还可以满足某些决策要求。比如人口统计中，各省人口相加得到全国总人口，一年内各地区生产的粮食相加等于全国的粮食总产量。

更多的决策场合并不能采用这一假定，因为社会经济意义上更可能是 $1+1>2$，系统构成之间的相互作用产生了质变：“整体大于部分之和”。现实中这种例子颇多。大米卖主一天卖了 800 元钱，你说他赚了这么多，他肯定不认账，大米又不是天上掉下来的，我进货不花钱啊？宏观经济统计时也是如此，为什么总产值在国民核算中被边缘化？为啥要以增加值为核心指标？就是为了避免对生产成果的重复计算。

增加值的思想，对厘清不同环节的贡献和责任很有益处。比如北大清华动辄宣称自己培养了多少精英，你完全可以嗤之以鼻：你收录那么多各地状元，怎么可以把功劳都记在大学四年的教育？还有，美国某些人曾经大肆炒作中美贸易差额问题，似乎中国从对美贸易中获取了巨大的利益，借此压人民币升值，压中方开放进口。这两年，国内外一些学者采用增加值口径对进出口流量重新计算，发现原来按总值口径的计算很不科学，结果偏离实际太多。

社会经济现实是相当复杂的，或许还会出现“整体小于部分之和”的情形，在计量时都应该尽可能实事求是地处理。前面讲到买大米的事例，如果当量换算系数 f 小于 1，那就该选“买一再送一”了。

价格信号的真与失真

使用价值指标计量整体状况必须估价，由此不得不面对价格信号的失真度问题。

市场价格是由供求关系决定的，在充分自由竞争的情况下，价格信号对供求关系的反映最真实——某商品到底值多少钱。显然，如果市场失灵，哪怕只是部分失灵，那么价格信号就可能失真。问题恰恰在于：世界上压根儿就不存在完全自由竞争的市场经济，现实往往是存在着政府垄断和企业垄断的混合经济。只要有垄断存在，不管是政府的，还是跨国公司的，那价格就不会是市场供求的真实反映，就会有一定程度的失真。

对主张市场调节的人来说，政府行为显然造成了价格的严重扭曲。比如大陆的高档餐馆，还有花卉业等，在习总书记宣布八条节俭纪律后，订单大减，原来的价格难以维系，这说明原来并不是市场供求水平已经充分提升，高位价格不过由官方消费支撑。

然而并不只是政府行为导致价格扭曲，跨国公司的干预力量甚至更为强悍。美国 ABCD 四家公司主导了全球农产品市场的定价权，中国作为供需大国本该参与作为，至今却只有听喝的份儿。世界三大信用评级公司主导了各国金融信用等级的升降大权，欧洲中央银行的专项研究“意外地”发现，这些本应公正的评级巨头也存在关联交易倾向——某些公司屡被提高信用等级，而正是这些公司与评级者有更多的业务往来。

价格不光失真，失真的程度还有所不同，不易把握。价格信号失真有时大些，有时小些，有些事项大些，有些事项小些，很难确知其大小。如果失真是个常量，就容易剔除。失真小时或许可以忽略不计，失真大到一定程度，对总体指标的计量就容易被误导。

对难以估价的因素，特别是隐性因素，人们研发各种方法，间接也好，替代也罢，总是设法找出相对优化的答案。但如果遇到极端的情况，有些因素就是无法用价格估量，那么这部分又如何放到整体指标中？

除去私人物品外，估价中还有市场化和公益化的平衡问题，公共产品的定价完全依照市场供求法则行不行？市场是不是过分看重经济效益而忽略社会效益？是否过分看重短期效益而忽略长期效益？是否过分看重效率而忽略公平？在企业之外，是否需要政府和 NGO（非政府组织）等社会组织的调整？政府干预对市场完全是破坏性的么？如果政府还有社会调节的一面，那又如何区分其行为的正当性和非正当性？

就整体指标的估价而言，市场失灵时的价格扭曲、价格信号失真度的差异、无法估价因素的计入，还有公共产品的定价基准，至少有上述这四种原因使得价格尺度本身具有弹性。当然还可能存在其他原因，我们尚未考虑到，也会造成价格度量尺子的刚性缺失。无论如何，尺子有弹性，计量就难免操作风险，很容易降低整体指标结果的可靠性。

然而，绝大多数从事价值指标计算和分析的人士并不在意价格信号的失真问题，他们倾向于过分强调自己的分析结论，实际上假定了价格尺度的标准刚性。至于这个假定能否得到满足，在什么程度上得到满足，很少有人警觉。

“当量转换”是否恰当？

三大加总指标的计算都包含当量转换关系。比如改革开放前，南方人习惯吃米，若生活在北方就想办法用自己的面去换米。一袋面换一袋米，1 =1，也是一种当量转换关系。价值指标中，价格除了做同度量因素外还是权数，还表明某物品的重要性程度。比如买一架波音客机得用卖上万吨优质大米的钱，也是通过市场确定了客机与大米之间的当量转换关系。至于合成指标，更是离不开当量转换。国际上计算“人类发展指数”，包括了三个构成指标，公式显示了构成指标与总指数的关系，也隐含着构成指标之间的当量转换关系。假如说教育水平提高2%能使总指数提高1%，而人均期望寿命提高半岁也能使总指数提高1%，那么在这两个指标之间实际上就设定了：教育水平提高2%相当于人均期望寿命提高半岁。

在社会经济意义上，计量指标间的“当量转换关系”究竟如何确定？归结起来可以有四种角度。角度一多，问题又来了：到底是采用投入角度？还是采用产出角度？或者采用过程角度？乃至采用综合角度？哪一种角度在什么场合更为合适？如果采用综合角度，又如何去综合？投入、产出、过程三个因素各应占多大比重？这些都需要深入探讨。然而时至今日，人们对此不甚了了，甚至诸多计算合成指标的人士也心存模糊。

问题的关键在于：数学上可加，社会经济意义上未必可加。所以，不能因为已经做了数学处理，就放弃对社会经济意义上“可加性”的探讨。当然，如果数学上不可加，就更谈不上在社会经济意义上的可加性问题了。如果认为无量纲处理彻底解决了“可加性问题”，那就是将“数学可加性”与社会经济意义上的“可加性”混为一谈了，或者计量时隐含了一个假定：“数学可加性”可以取代社会经济意义上的“可加性”。然而，没有人证明这种取代是科学的，甚至没有意识到需要这种证明。

“计量须较质”

决策的目的是利益的最大化，需要比较方案的整体利益大小。如果方案 A 的收益包括了方案 B 的收益还有剩余，即收益上方案 A 大于方案 B，那么在其他条件相同的前提下，方案 A 肯定优于方案 B，这种决策不难。比如买大米，如果家家都“买一送一”，唯有一家除此之外还加送一小瓶橄榄油，那这家肯定是首选。

难点往往在于不同方案交叉内容的比较。就像前面所讲的，要买的都是一大袋普通大米，可送的“一”不同，买主需要在三个不同赠品（一大袋普通大米、一小袋精品大米和一小瓶橄榄油）之间比较利益大小。即使算计时把同质项（例中是普通大米）去掉，还是得进行异质品的比较。只有一个异质项还好办，现实中异质因素较多，计算总体指标就更麻烦。

为了较好地解决“可加性问题”，必须对相关因素进行质的比较，由其质才可以确定出不同的量，才可以将个量值相加得出整体指标。概括而言，社会经济领域“计量须较质”。数学世界因其抽象而纯粹，质同，故而可以“计量不较质”。是否较质，是纯数学与实证科学最大的区别，也是数学能否成功应用到实质性科学的关键。“较质”就必须具备实质性科学的相关知识，不能抱有“唯数理论”、“唯工具论”的学科偏见。套用公式当然比较简单，而切实应用却存在着另一类复杂。

在“较质”中，社会经济总体指标计算面临种种困境，前面分析的三个基本问题就是此种困境的典型代表。计量时容易遗漏、容易重复，价格信号容易失真，当量转化关系却难以确定，这些都可以概括为“可加性问题”。

解决“可加性问题”，当然需要采用先进的数学工具。不过还须注意，在模型抽象还原为经济具象时，还必须加入现场因素，这就势必缩小纯数学模型的有效空间。因而对模型结论不能过度解释，也不能过分强调分析的精确性。越是强调定量的精确性，受到“可加性问题”的困扰就越大。

精度之外，也得注意区分计量范围。总体指标不能只包括实物指标，还得包括服务产出等，但人类活动有着太多的“亦此亦彼性”，在指标分类时难以满足“排他性”的要求，从而造成了指标计算的困难。威廉·配第（W. Petty）在他的《政治算术》中也区分了两类现象：一类可用政治算术处理，其余的则“尚待研究”。

三大加总方法，各有各的适用场合。重要的实物指标不可或缺，所谓“李克强指数”就是实物指标的合成，而其核心思想就是强调实物指标的重要。相比而言，价格至今仍然是国民核算中最合用的加总因子。在实在无法估价时，合成指标或许可以替代价值指标。对诸构成指标能否合成一个总体指标，一直存在两种截然不同的意见。“总量派”以实现不同事物的时空排序为要，支持对指标的合成。“非总量派”，认为计量的全面性与整体性不可得兼，人们只能用指标体系去满足全面性的要求，不可武断地将所有构成指标合成为一个计量值。

总的说来，三种加总指标都得用，但用的时候都得注意“可加性问题”，都得“较质”。

智伯分马点评

读过一个智伯分马的数学故事。

说的是一个财主有三个儿子，十七匹马，去世前留下遗嘱：长子分1/2，二子分1/3，三子分1/9。

三个儿子不知道该如何分，就把智伯请来。

智伯并非浪得虚名，稍加思索就想出解决办法。他把自己的坐骑也计入总数，然后再按财主的方案进行分配：长子得18（17+1）的1/2，即9匹；二子得18的1/3，即6匹；三子得18的1/9，即2匹，合计共分了17匹，正好把财主的遗产分干净。18匹中剩下的那匹，原本就是智伯的，当然由主人骑了回去。

相信这只是个弘扬数学文化的文学小品，现实生活中哪里会有这样的财主，专门用分数来刁难儿子？不过，故事真实与否并不要紧，这过程还是颇耐人寻味的。

先说智伯之马，这可是匹好马！它不光是交通工具，还可做调配工具，可用来解难题。有了它的参与，分配过程得以顺利进行。而从物质结局看，于主人无损，于求助者有益。它就像智伯手中的“飞去来器”，撇出去转了一圈，又乖乖地回来了。马好，当然源于智伯之智。

倒也不能把智伯捧得太高，因为这道难题本来是有解的。

此题难在财主的儿子都讲究可持续发展，他们把马看成生产工具，而不是可以杀了吃肉的消费品。换成数学语言说，分配过程必须取整数单位，这是个隐含的前提。

如果没有整数限制，没有其他马参与，那长子应该分 8.5 匹，而二子和三子遇到的是无限循环小数，分别为 5.66…匹和 1.88…匹。假设小数点后面只保留一位，三个儿子加在一起可分到 16.1（8.5 + 5.7 + 1.9）匹。

这个结果告诉我们，财主的方案原本就留下了足够的余地，满打满算还有 0.9 匹的调配空间。难题难在要求取整，实际上也有其容易之处：它并不要求无中生有，只要求“有尽其用”——把家产分干净就成。闹了半天，这只是个结构调整问题，而不是总量增加问题，所以智伯的马可以“失”而复得。

智伯的聪明正在于他看穿了这一点，他的大方或者说大度，也是建立在对问题症结的把握上。自己拥有的马仅仅客串出场，主要是用智力为人排忧解难。智伯的名声可再攀高位，估计智伯事后在精神上亦颇为享受。这个故事也告诉我们，如果有足够的善良，再加上智慧，社会中的双赢、共赢还是完全可能达成的。

话说回来，如果那三个儿子都学过算术中的“小数”部分，都接受“四舍五入”原则，那即使没有智伯和智伯之马，家产分配结果也将是 17（9 + 6 + 2）匹。所以这故事编得的确巧妙，不管怎么着，都是离不开数学思想，世事也的确如此。

不过智慧也不光是数学，好像其中还应该有点其他的什么“学”。

科伦索的“宗教算术”

《读书》2012年第8期刊登了高峰枫先生的文章《科伦索主教和摩西五经》，读得我眼界大开，忍不住想从描述统计的角度多唠叨几句。

搞经济或经济统计的人都知道《政治算术》，那是威廉·配第的开山之作，青史彪名。然而很少有人知道这位科伦索主教，同为英人，他的姓名之中也有“威廉”，他使用的工具也是算术，不过所开创的领域不同。科伦索搞的是什么呢？“宗教算术”，还是“历史算术”？甚或二者都是——宗教史算术？不曾有人命名。

科伦索生活在十九世纪的英国，那时进入教会是提升社会地位的捷径，就跟我们现在改变身份非得读大学差不多。他一级一级地晋升，从普通牧师到教区牧师，快四十岁时，总算被任命为南非纳塔尔地区的主教。科伦索是个非常敬业的人，他举家远迁，潜心在南非传教。为了将圣经译成祖鲁文，他甚至专门学习祖鲁语。

原本顺顺当当的生活，不想竟然在传教中碰到了一个绕不过去的坎儿，改变了他的生活轨迹。

当地有个祖鲁土著，心思单纯却非常聪明，对诺亚方舟的故事产生了疑惑。他问科伦索：这都是真的吗？您真的相信所有动物、鸟类、昆虫，无论大小，无论居于热带还是寒带，都成双成对地走进方舟吗？

是啊，既不重复，又不遗漏，简直就是计算统计指标的要求，诺亚方舟对地球的拯救太过周密。计划性一强，人工的痕迹一重，就有失自然，也有失真实，让人生疑就太正常不过了。

说起来，科伦索还是一个开明的牧师，他本来对大洪水之说也有过怀疑，这洪水范围如此之大，足以毁灭地球，真的发生过么？遭祖鲁人如此一个追问，内心原本的存疑又被激发了出来，由潜在态而成为显现状，于是让科伦索心底里更为纠结，这道坎儿终于绕不过去了。科伦索又极其较真儿，于是，他开始了对《旧约》的考辩。居然敢咬那青苹果？考辩行为本身就越格了，打破了英国宗教界的迷信传统。

科伦索不仅敢于思考，还善于思考。虽出身于寒门，却也在剑桥大学的圣约翰学院学过数学。进入教会之前，他还在哈罗公学和剑桥教过数学，“科伦索算术书”曾经是英伦红极一时的课本呢。

你看，开明而敢于思考，敬业而探究执着，善算而工具便捷，天降此任与斯人也，要对圣经进行算术考辩，科伦索真是不二人选。

当然，若把眼光放大到西欧，而不仅仅局限于英国，科伦索并不是考辩圣经的先驱，反倒是个后来者。不过科伦索主教有他的绝技，这便是对算术工具的充分运用。

要是从学术的角度看，《旧约》中前五卷书算作犹太民族的上古史，历来被认为是摩西所作，所以也叫“摩西五经”。德国学者对此的考证分成新旧两派，旧派捍卫其历史真实性，认定作者就是摩西本人，而新派则认为五经由不同文献合成，绝非信史。科伦索主教阅读了大量考证著作，借助算术推演得出了自己的判断。1862 年他出版了《摩西五经与约书亚书考辩》的第一卷，到 1879 年，花了近二十年的光阴，完成了七卷本《考辩》。科伦索的学术贡献，或者说他对圣经考证的“增加值”，在于他用较为系统的指标分析支持了新派的观点。

圣经《旧约》的摩西五经中，有许多关于犹太历史的“确说”，可能是由于客观世界中统计指标的无处不在，也可能是布道者主观上为了增加现场感、史实感乃至神圣感，这些“确说”往往用数字或者说统计指标来表达。有道是成也萧何，败也萧何，数字在这里也成了双刃剑。由于精确数字的障眼，众多信徒的信仰更为坚定，然而科伦索等极少数质疑者也正是在这里找到了突破口。

当时最重要的是人口指标，而人口指标中最重要的又是男丁数。在犹太人从埃及逃出的第二年，上帝耶和华就晓谕摩西，要他搞清这个指标。这是不是人类历史上最早的官方人口统计？我不大清楚。不过圣经中给出的结果不容置疑：以色列十二宗族共有男丁 603550 人，已经精确到了十位数！

科伦索的“算术柳叶刀”正是从这个核心指标切下去的。单看数字还没啥问题，可是如果“计量又较质”，把圣经涉及的数理和物理、事理串在一起，再把不同的相关指标联系在一起看，麻烦就来了，“摊上事儿了，摊上大事儿了！”

如果男丁超过60万，那么按照人口结构比例推算，以色列总人口至少得有200万以上，每天大约会有250名婴儿出生。人，可以用数字表示其量，但人不仅仅是数字，人得吃喝拉撒睡，还少不了精神生活。这么多人的诸项社会活动，如果严格遵守摩西五经的数量规定，相互间的矛盾就昭然若揭且不可思议了。

200万人，最小最小也得有6．4平方公里那么大的营地。可这对一个人来说也太大了呀，约书亚怎么当众宣读摩西的遗训呢？怎么对全体训话呢？那时可没有麦克风啊！哪怕没有孩子哭老婆叫，信众全体虔诚禁声，圣旨又如何周遍而被听到呢？还有，就算吃的烧的老天爷都从天而降，人吃过后的“产出”问题又怎么办？如果真是必须在营地外解决，那200万以色列人每天得往返跑多远的路？

不过，最辛苦的还是祭司亚伦和他的两个儿子。以色列人中只有他们才能与神交流，祭祀活动必须他们三个亲力亲为。偏偏犹太人的宗教活动又相当正规，仅仅祭祀一项就又分为燔祭、素祭、平安祭和赎罪祭等等。婴儿降生得搞燔祭和赎罪祭，这在每天就是500场法事！哪怕一个只搞5分钟，总共需费时2500分钟，三个人主持，人均也得14小时啊，严重违反劳动法呢。如果有人犯罪，祭司还得“加班”。赎罪祭品须是没有残疾的公牛，祭司宰牛以后必须连皮带肉还有下水都须送到“营地外洁净之地”，规定是不能乘车，看来三个人只能手提肩扛了。好几公里的路啊，就算他们体力可支，可时间够用吗？

好在还有体力补偿的特别规定：祭肉全归祭司，祭司还必须在圣所把自己应得的祭肉全部吃掉。这待遇，赶上如今我们奥运夺金的体育运动员了。不过新的麻烦也跟过来了：单是新生儿一项，一天就该被贡献250只鸽子或斑鸠，三个人日均88只，必须吃掉啊，每天如此啊，整整一年啊！这还没算其他祭肉呢！

比这更不靠谱的还有呢，光是新生儿祭祀，按规定一年就得耗掉9万只羊羔，9万只鸽子或斑鸠，难道上天下雨会演变出这些祭品么？如果必须达到圣经中对头生子数目的要求，每位母亲一生中必须生出42个儿子，这在今天是不可想象的，难道人类的繁衍曾经那么辉煌么？还有……

单是数字，说说听听写写读读都还好办，可是一旦还原为活生生的人，一旦从抽象还原为具象，加进质的考虑，就不那么简单了。单是数理，可以在象牙塔里一直抽象下去，自说自话。一旦数理与物理、事理结合，一旦要用一系列数字来描述历史事实，彼此间的逻辑关系就必须搭建起来。

如果描述指标“各说各话”，互不搭边，搁在一起就闹笑话，那必定有数字出了问题。像科伦索考辩所揭示的，不是男丁数过大，就是圣经的好多规定不切实际，二者必居其一。

搁在今天看，这位剑桥的高材生所用的算术工具不过是四则运算，加减乘除而已，并没有什么复杂的数学模型，看上去很初级、很笨拙，然而却是很管用的。关键在于他敢在人们不疑处加以质疑，在于他计量时也“较质”，在于他系统化的算术考辩。

科伦索参考了近东地理资料，还引证了近代农业、畜牧业的数字、来核算以色列人旷野中的衣食住行。他总是把数理与物理、事理结合在一起，他不搞唯数理论，没有沉溺在抽象的数字中。科伦索的考辩中包含着平衡统计的基本思想，相关指标间必须“说话”，也就是说，统计数字之间必须保持应该具备的现实逻辑关系。他采用了男丁数、总人口、祭祀仪式所需院子最小面积、祭祀仪式所需院子个数、营地最小面积、如厕所需步行距离、祭司人数、每天平均新生儿数、祭祀时间、法事所需祭品数、祭司日均必吃鸽子（斑鸠）数、母亲必生儿子数等指标，这些指标大致构成了描述以色列人生活的数量体系，它们之间应该协调一致。这些算术考辩虽枯燥却严谨，虽死板却扎实，虽单调却认真，实事求是，而且“实事求非”！

然而，科伦索的宗教算术严重挑战了“《圣经》崇拜”（bibliolatry），在英国宗教界掀起了轩然大波。在“基要派”看来，《圣经》的每一卷、每一章、每一句、每一字、每一音节、每一字母都是至高的神直接的语言，绝对无误、无谬、至高无上。科伦索胆敢质疑，居然还真就挑出这么多毛病，岂不是大逆不道。

话说回来，科伦索还真不是基督教的叛逆，他是信仰上帝的。只是他不唯书、不唯上、不唯数，他要还《圣经》的本来面目，他坚信“道在经外”。

我这小文想强调的是，他的算术考辩还告诉我们，“道在数里”，而且“道在数外”。

忆我的学士论文导师汪祥春教授

时间真是无情地快，汪祥春教授离开我们将近一年了。

前些天，我正在外地参加一个会议，卢昌崇兄打电话过来说，以汪先生的博士为主体，要出一个周年的纪念集子，他郑重建议我也加入。论起来，我修过汪先生的课不止一门，他还悉心指导过我的学士论文，也曾经做过我们的系主任，可谓机缘不浅。与他亲传的高层次弟子一起参与纪念，还算沾边。

因为这个由头，汪先生又从我的脑海深处走了出来。

第一次接触汪先生，是他给我们上“工业经济”课程。

学校对第一批恢复高考的学生颇为重视，主要课程都由学校里的骨干教师担纲。初到辽宁财经学院报到时，对这所大学的第一印象极差，硬件真不如一般城市里的中学。失望中听说辽财尚有几位很厉害的教授，汪先生就是其中之一。学校校园不是一流的，但能有一流的老师教课，这多少能让我们内心平衡些，后来才知道大学乃大师的理儿。

汪先生个子不高，教课时嗓音也不大，没有什么抑扬顿挫，带江南口音的普通话，平铺直叙，可内容就是能把你抓住，不会让你犯困。初听先生课程，我们还在对专业学识“莫名其妙”的阶段，只是朴素地跟着走，然而正是在懵懂之中我们迈上了经济学大厦的台阶。

在对知识的点滴积累过程中，我们才知道，汪先生出自南开经济研究所，中国经济学的发祥地，中国最早的经济指数就是在南开大学诞生的。后来还知道，汪先生曾就读于美国芝加哥大学经济系，竟然跟萨缪尔森是同窗。萨氏誉满全球，后来在中国红得发紫，当年他的《经济学》再版，都会给汪先生寄来。谈论着这些传奇故事，我们这些当学生的都有些飘飘然，这恐怕也是名师“正外部性”的一种吧？

当时中国百废待兴，大学急需恢复和扩展。无奈自身教师奇缺，近水楼台，就让毕业生留校任教，一时顾不得学术生态对近亲繁殖的避讳。辽宁财经学院就是那时候“暴发”起来的，光是我所在的计划统计77班就留校十多位，占了四分之一强。

过了二年级，系里找去谈话，要我毕业留校。本来我报考辽宁财经学院就冲着一份稳定的工作，看着系里老师们表面上优哉游哉的，蛮有吸引力的，没费什么思量就同意了。其中叫我特别兴奋的是，系里是选我给汪先生当助教。原本就喜欢在他的课程花工夫，这下又拉近了一层距离。

三年级一过，又有了考研的机会，让我纠结了好一阵。汪先生觉得自己没拿过学位，不好指导硕士，第一年愣是没招生。而且他认为，大学教师就是做研究的，读不读研没有多大区别，第二年是否招生也没说定。

跟诺奖得主同班还没拿过学位？说起来这里还有一段轶事。汪先生在芝加哥大学是民国政府的“官费生”，因打算毕业后回大陆跟妻子团聚，台湾方面就停止资助，无奈汪先生只得中止了学业。

那我到底是争取读研还是安心做助教？父亲的意见是前者，读高学位的机会决不能错过。那就只能报考别的专业，从已定的价格研究方向转走。最后是父命难违，先争取读研再说。说不清幸还是不幸，反正就这样走上了经济统计学的专业道路。

尽管已经明确先放弃助教的位置，但内心的偏好还在起作用，毕业论文选题还是关于价格的，厚起脸皮还是去请汪先生指导。汪先生并不计较我的专业“叛逃”，还是耐心地指导我。

开始的目标是如何达到本科毕业的水准，后来汪先生看着我的论文还有点意思，让我就其中的“议价”问题深入做下去。布置了能找到的参考文献去读，差不多了再动笔。一遍稿送去，指出毛病回来修改，再一遍稿送去，仍有不到之处返回来再改。每次都是自己改到“山重水复”，盯着先生的批注发楞；谈话过后才发现“柳暗花明”，偷笑着再寻新径。四五个回合下来，我实在是改不动了，只好讨饶。汪先生笑了笑，也没说什么。过了好些天我才得知，他已经把我的文章推荐给了《财经问题研究》。

因为这段机缘，我学术生涯公开发表的头两篇论文都是关于价格的。其实哪里只是两篇论文呢，如何做研究，如何写论文，都是在这过程中体会到的，慢慢似乎有了点门道。回想一下，严谨的学风，让我们在艰辛中逐步积累出思维的成果。平实的文风，也为我们写作打下了底色，现在我哪怕是写人文随笔，竟也不能太过放肆，想一想，确跟当年导师们做的规矩不无关系。并且，汪先生那教学科研一体的思想，也在我内心深处埋下了种子。

辽宁财经学院的第一批硕士只有十个人。研究生课程里有汪先生的价格理论，真正的小班课，讨论比较深入。汪先生还真让我当过一回助教，讲的是“消费者剩余”，忐忑上讲台，在汪先生和同学们的善意批评和笑声中勉强完成。

除了开拓宏观视野，奠定理论功底，汪先生还比较注重理论与实践的结合。经济学是致用之学，对中国故事的深入理解自然是中国经济学人的必修课。1982 年辽宁省物价委员会董主任亲自率队到各市地搞物价调查，汪先生认为机会难得，便介绍我参与其中。十余天时间，密集的各式会议，书本外的另一番蓝天沃土，收获果然不亚于课堂。

经济统计学是经济学的一个小分支，与经济学不可分割，我在硕士学位论文撰写中也得到了汪先生的帮助。当时中国正处于国民核算模式的选定期，国内即便统计专业人士对 SNA（国民账户核算体系）也是知之甚少，加上政治禁忌，碰到了一个绕不开的问题：以西方理论为基础的 SNA 怎么可以在社会主义中国应用？我试图用理论分层的办法加以突破，心里没底，就跑到汪先生家中求教，得到了他的首肯。

因为 SNA 的设计由凯恩斯的助手斯通担当，汪先生还建议我到辽宁大学去找宋则行先生——剑桥大学的经济学博士。经济学界曾有个说法，“文化大革命”前全中国只有两个半懂凯恩斯的人，他就是其中之一。汪先生的介绍信上台头是“则行兄”，当年与宋先生谈的内容记不全了，但这三个字却始终印在脑海里。

现在学界常有人说我乐意帮人，其实当初我就是受了校内外好多老师的教诲，得到了诸多帮助才成长起来的，现在为同事和学生做一些事，不过是学人间的一种“转移支付”，如此而已。帮同事、助学生，本就是大学里的优秀传统之一，乐助他人成其好，至少乐见他人成其好，才当得起学者的称号。最好的纪念，该是发扬导师的师德风范。

我从汪先生那里获益良多，一个原因是我胆敢登门去“抓差”，也算一种“无知者无畏”。其实换了别人，汪先生照样悉心指导，他对学生是搞“普惠制”的。

汪先生在教学中特别重视基础理论的训练，基础课不足，就在专业课中把经济学理论的要点补上。当时的政治形势下，还不好直接开设现代经济学课程，他就在工业经济和价格学等课程中讲述相关的内容。

不能不提及的是，在东北财经大学的课程和学科结构优化上，汪先生功在久远。没有他几十年的坚持，东北财经大学现代经济学的教学和科研水平都会失色许多。

财经院校教师多是部门经济（应用经济学）的底子，原来搞理论经济学的师资多留在了综合性大学。但应用经济学如果没有理论经济学相伴发展，就失去了基础，就不可能提升。所以财经院校设置并加强专门的理论经济学科系非常必要。

在我承担东北财经大学校级管理工作期间，设置经济学院的动议得到了汪先生的全力支持。学院成立五年就拿到博士学位授予权，也有赖于汪先生所培育团队的学术贡献。

先生仙逝，哲思长在，精神永存。

对汪先生的怀念也让我反思自己职业的选择过程。当初报考辽宁财经学院相当功利，可入学后愿意花工夫的，却转向了偏于哲学和方法论的理论思考。这种转向并没有明确的标志性事件，甚至不能说一定是受了某位先生的影响，只是现在回过头看，才发现人的成长原来这样的微妙。正是春风化雨，润物无声。

（写于 2012 年 6 月 16 日）

品茶问学

2004年，我跟几位同事一起翻译了《女士品茶》（The Lady Tasting Tea），由中国统计出版社出版。这并不是一本女士读物，也不是一本专门讲茶的生活小品，而是关于20世纪统计学科发展史的科普书籍。那为什么作者萨尔斯伯格（D. Salsburg）给自己的书起了这样一个名字呢？原来，“女士品茶”是历史上非常有名的一个统计实验，而且是由大名鼎鼎的统计学大师费歇尔（R. A. Fisher）主持的。

这部统计史注重“统计思想的养成”，谈高论阔却深入浅出，书的第一章就以这个统计实验开头。

那是二十世纪二十年代后期，在英国剑桥一个夏日的午后，一群大学的绅士及其夫人，还有来访者，正围坐在户外的桌旁，享用着下午茶。品茶过程中，一女士宣称：把茶加进奶里，或把奶加进茶中，不同的顺序会使茶的味道不同。

在场的一帮科学精英们，重理性而轻感性，多数对这种“胡言乱语”嗤之以鼻。怎么可能呢？他们难以相信，同样数量比例的奶和茶，仅仅因为添加顺序就变味儿。

在座的一位身材矮小、戴着厚眼镜、下巴短胡须开始变白的先生与众不同，他对这个说法很感兴趣。“让我们来检验这个命题吧!”接着他就开始策划一个实验。毕竟是同道中人，一拍即合。众人七嘴八舌地讨论，在“短胡须”先生的指导下，看看究竟应该如何进行实验判断。

实验的主角当然是那位坚持茶有不同味道的女士，先在她看不见的地方调制出两种茶，坚持严格的茶奶比例，区别在于加茶加奶的顺序。作下记号（比如在杯底?）后让这位女士品尝。围观之下，“短胡须”为那位女士端起第一杯茶，女士品了一小会儿，断言这杯是先倒茶后加奶，“短胡须”不加评论地记下了女士的说法。接着，“短胡须”又端起了第二杯……

这位“短胡须”就是费歇尔，当时只有三四十岁。费歇尔是统计学界堪称大师的专家，为统计学科做出了卓越的贡献，其中就包括开创统计实验方法体系。在1935年，他发表了世界上第一本《实验设计》(The Design of Experiment)，该书的第二章就描述了他的这一实验——“女士品茶”。

费歇尔把女士的断言视为假设问题，他考虑了各种可能的实验方法，以确定那位女士是否能做出区分。设计实验时所面临的问题是：如果只给那位女士一杯茶，那么即使她没有区分能力，也有50%的机会猜对。如果只给两杯茶，她仍可能猜对。若是她知道两杯茶分别以不同的方式调制，她可能一下子全部猜对，或全部猜错。

再考虑相反的情形，即便这位女士能够作出区分，她仍然有说错的可能。实验时会遇到与那位女士味觉无关的因素，或者是其中的一杯茶与奶没有充分地混合，或者是泡制时水不够热，如此等等。即便这位女士真的味觉能力非凡，也很有可能加以误判，比如送上10杯茶，她却只说对了其中的9杯。

费歇尔接着讨论了这个实验的各种可能结果，他叙述了如何确定这样一些问题：应该至少为那位女士送上多少杯茶？事关实验样本的大小。这些茶应该按什么样的顺序送上？对所送茶的顺序应该告诉那位女士多少信息？事关如何保证实验的随机性。依据那位女士判断的对错与否，费歇尔搞出了各种不同结果的概率。

不过，费歇尔的书中没有给出这次试验的结果。倒是当时在场的一位美国教授史密斯（H. Smith）过了四十多年仍难忘怀，他亲口告诉《女士品茶》的作者，那位女士竟然正确地分辨出了每一杯茶，真是具备特异的味觉功能！

可能有人会对“女士品茶”不以为然，就算能区分不同注茶方式又有什么大不了的呢？这种问题又有什么科学价值？简直跟研究“马尾巴的功能”差不多，无非一帮精英在夏日午休时的小消遣，看这帮知识分子闲得无聊，拿着那么高的俸禄，为什么不把天才用到对人类有所裨益的正事上？在外行看来，学者们就应该正襟危坐不苟言笑，整天埋在书堆里，或者盯着实验设备。书山有路勤为径，学海无涯苦作舟，不学着陈景润的样子，不蜗居在六平米的小屋，哪能推进哥德巴赫猜想的求解？

是的，科研的确需要艰辛的耕耘，然而，学问并不全是在高压状态下产生的。没有艰辛不可能有学问，只有艰辛未必就有学问。换句话说：艰辛只是学问的必要条件，但还不是其充分条件。

看似优哉游哉的下午茶，本是辩论特异味觉能力的有无，费歇尔却找到了发展统计学科的切入点，他和同行们更为关心的是：找出能够判断假设对错的科学实验方法。他们虽然没有特异的味觉，却具备特异的学科敏感度，能够在日常生活中发现研究突破的机会。当时统计实验方法还不成体统，“女士品茶”成了引发统计实验开展的偶然事件，费歇尔正是在此基础上逐步深入，又经过十多年的积累，才建立起统计实验的框架。而统计实验的发展和应用，又在实物生产、科学研究和管理决策等诸多方面为人类作出了巨大贡献。

这等下午茶，不仅调节学者们的身心，也容易让人保持持续的探索兴趣。有兴趣引路，苦不以为苦，科学研究的内在动力才足。科研需要收敛，也需要发散。松弛的状态便于释放，彼此斗嘴看似八竿子打不着，或许能激发思考，一句话点醒梦中人。学者的状态好了，收放自如，可能惠及人类。

“女士品茶”留下了一个美妙隽永的趣事轶闻。克莱夫·贝尔（Clive Beil）曾有过一个著名的定义——艺术乃“有意味的形式”，按照这个说法，完全可以把“女士品茶”当做一件优美的艺术创作，留存在行为艺术史中。这样，“品茶问学”缘起于艺术事件，也成为一个启发科学心智的优美途径，正合于李政道博士“科学与艺术同源”的思想——科学和艺术是人类进步的两个翅膀。

从乙到甲

一天早上去开会，主办方周到客气，派车来接。正值上下班高峰期，选择走哪条道是个不算小的问题。可是跟司机不熟，试探着问了一嘴，人家还挺“道路自信”的，只好由着他的职业习惯。

走着走着，被堵住了。当时心里转念，要是让他听我的就好了，有先见之明真就该坚持。可这种事儿没法儿改正重来，吃不得后悔药。不能反悔，索性就积极地“认账”——这也算一种人生态度吧。闲着也是闲着，身子被困住了，脑子可以信马由缰，于是我的思绪就从“如果”这儿绕腾开了。

如果司机按照我提出的路径走，肯定会比现在这条道快吗？扪心自问，似乎并不敢打包票，“先见”未必就明。只不过按照以往的行车经验，堵车的可能性应该小一些。但也完全可能堵得更厉害啊，如果大家都像我这么认定，真还就能把最不可能堵的路给堵死喽。个体的理性选择完全可以造成整体的“非理性”现实，“合成谬误”，经济学里早就说过这种事儿。

经济学？生活里天天遇到的堵车，还能玄到哪儿去？

当然能！而且此事不光能扯到经济学。细究起来，路径选择这么件小事儿，可是自然科学、社会科学、人文科学三大类学问都牵涉到了。麻雀虽小五脏俱全，事情虽小内涵丰富，下面咱就分别瞧瞧。

从乙到甲，两个地点的空间移动，人们通常先想到的问题是：乙地到甲地有多远？或者提问稍微专业一点点，从乙到甲的最近距离是多少？尽管这类问题很简单，还是应该归到自然科学这一类。就自然科学的问题而言，其答案有对错之分，具有唯一性，可以有标准模式。丁是丁，卯是卯，精准为王。

与此截然相对的问题呢？那就天马行空无所羁绊了。“为什么要从乙到甲”？或者更玄乎一点，“从乙到甲的意义何在”？这更多地属于人文科学的问题。

解答人文科学的问题不能照搬自然科学的模式，因为它更多地涉及到人的内心和精神世界，不是“非对即错”问题，不是单项选择题，没有标准答案——肯定没有，这一点倒是唯一肯定的。“横看成岭侧成峰，远近高低各不同”，有的时候需要跳出“此山中”，有的时候还得深入“此山中”，果真要识庐山真面目，麻烦多多。

由“意义”这个本源性问题还可以引发无数的各种形式的“子问题”，比如可以有：乙地如何？甲地如何？乙地与甲地比较如何？再比如：从乙到甲，是一次性的，还是多次往返？是临时性的，或是一去不复返？平日里车票的种类，或者出国签证的种类，就反映出“到”的种种区别。“母问题”派生出来的还可以有多种多样的“游记”：“出乙地记”比如《出埃及记》，“到甲地记”比如《西行漫记》，甚或“从乙到甲记”比如《双城记》。

问题漫无边际，答案悉听尊便，千人千解，随心随性，这就是人文科学的本来面目，喜欢的可以说它精彩纷呈，厌烦的也可以说它乱象丛生，中性一点的则可以说它五花八门。

很可能，“科学”了一辈子乃至几辈子，人们仍然回答不了“为什么从乙到甲”这个问题。或许“意义之题”有时候无解，压根儿就没有答案，只由着“我行，故我在”，不得不如此；或者“傻子过年看界壁儿”，从众而已。

读到这儿，视科学为神明的高人该笑话我了，连个答案都搞不出来，还奢谈什么科学？须知，科学讲的就是精准啊！是的，打小就让崇拜“赛先生”，俺听喝，一直把科学和精准搁一块看。

不过，请允许我有这个“不过”，这两年我已然不那么绝对了。窃以为，科学更应该是一个求精准的过程。君不见：以确定答案出现的成果并不那么确定，有的倒是掺了不少似是而非让人生疑的货色。甚至还听说，世界一流的物理学论文居然也不全都保准儿，过若干年后就有不少被发现是错的。阿Q曾有过“争权之问”：和尚使得，为什么我使不得？若是可以援用这种攀比抗辩的路子，自然科学也有不精准的时候，那人文科学的多元性便有了存在权，至少还有几分可以原谅和宽容。

介于这两大类问题之间的，恐怕便是社会科学的领地了。比如：从乙地到甲地，需要多长时间？看似极其简单，回答好却并不容易。

要回答这个问题，本着科学精神，先得反问提问者：你指的是什么时态，过去、现在还是将来？不同时间段，花费的时间肯定不同。三十年前我读大学，假期往返得在辽宁省内穿行。从抚顺到大连坐快车也得折腾一天，现在有了高铁，估计有三个小时就搞定了，时间省了一半还多。

明确了时间态，接着还是反问：对于“从乙到甲”这个行动，有没有投入上的限制？很重要的是：我上路可以花多少钱？财力很大程度上影响了交通工具的选用，自行车、马车、汽车、地铁、火车、轮船或飞机等。若是步行、游泳或骑车，还得考虑体力上的消耗，也是一种实实在在的投入。“耗时问题”似乎不大，要回答圆满，也还需要运用成本效益分析的思想。

投入约束问题解决了，仍然不能给出确定答案。最麻烦的，可能就是本文开头所说的路径选择问题。搁在眼前躲不开的，都市城内交通实在叫人头疼，究竟该怎么走，问号多多：大路，还是小路？红灯多的路，还是红灯少的路？左转的路，还是右转的路？抄近的路，还是绕远的路？

可叹人世间，太多的“当然”伴随着“然而”，“奈何路”太长太长。不论人们如何鞠躬尽瘁，“不一定”总还是挥之不去。

都愿意走大路，结果有时小路反倒不堵，当然一旦堵了往往就是一个死结。都嫌等红灯心烦，北京的二环路、三环路、四环路都没红灯，可好多车堵在那儿比等红灯的时间还长，往往能把车中人憋出病来。路途时间长短当然跟距离远近关系极大，可也不尽然。一次我下午三点多开车送朋友去北京南站，人家坐动车回天津，到家已经吃完饭了，我却刚从南二环折腾到北三环，可怜兮兮地堵在路上呢。

困在这种格局下，说是路径选择，好多时候往往是无法选择，怎么选都是错，不选之选。哪里是什么选优问题，顶多算得上“差中躲劣”问题。哎，也别说时运不佳，既然凑了热闹，就不能撇清嫌燥。而且，即便遇到了严重堵车，迟到了，误事儿了，也并不就证明你的路径选择错了。或许，你走别的路堵得更凶，迟的更多，到的更晚。此类决策问题是不可重复的，撞上了，那就是运行至此，自认倒霉。且让我们从文学的路上自救一下：

罗伯特·弗罗斯特被称为“新英格兰的农民诗人”，他有首诗《未选择的路》十分著名：

“黄色的树林里分出两条路，

可惜我不能同时去涉足，

……啊，

留下一条路等改日再见！

但我知道路径延绵无尽头，

恐怕我难以再回返。

……”

大自然的路，自在的路，昭示出人生路径选择的深刻道理。总是会遇到这样的事——分岔小径，踌躇之后的选择决定，只能毅然决然。

总还是有点令人沮丧：本次缴纳的“学费”再多，并不保障下次可以免费。犯同样的错固然是愚蠢的，可是人类并不能免于这种愚蠢。退一步看，哪怕假设每位当事人都有机会重选，还是可能形成新的“堵局”，因为“合成谬误”本身就是动态的。想想狭路上两人遇到互相躲让，说时迟那时快，往一块撞两三回的事儿时有发生，这可算得上世上最小的合成谬误？

与人文科学一样，社会科学的问题也没有唯一的答案，对其回答通常也没有什么绝对的对错，区别往往在于好或坏的程度上。“有好坏而无对错”，全看当事人的立场和观点。打个比方来说，情人眼里出西施，仇人眼里出撒旦，闲人眼里啥都出。

不过，不可忽视的往往是“不过”后面的话：由于此类问题更多地涉及到人与他者的关系，涉及到群体利益的调节，个人完全随心所欲肯定不成，问题的解决往往需要在一定的价值参照系中进行。于是，人们又得为参照系的确定犯争夺，究竟那种价值更为普世？到底谁具有最终裁判权？问题升级，麻烦和纷争更多。与人文科学问题不同的是，这里的问题往往不能回避，无法搁置，或者说它介于物质世界和精神世界之间，其现实性更强，很多时候躲不起。

人，不断地制造问题，也不停地解决问题，一个似乎无穷尽的社会运动过程。社会科学问题的解决，绝对需要借助自然科学及其技术手段，同时也特别需要人文科学的精神引导，但不限于斯，不止于斯。

三种科学，对应着三大类问题，既有领域区分和问题重心所在，也有衔接、交叉或渗透，从而形成一个总的文化谱系。努力去建立广义的科学文化观，或许可以帮我们避免固执一端、张冠李戴、以偏概全的错误。更全面地发展，人，从而得以作为人存在。

这三大类问题，自然应当是正襟危坐的科学研究对象，可也都在工作生活的小事里包含着呢，稍加留心便可体会到。遇事，就试着从不同的“问题维度”去琢磨去思考，科学观乃至世界观或许会慢慢趋于成熟。这一点，倒并不是我堵在路上的胡猜、憋在车里的臆造。

科研评价或可促退

2013年6月，由东北财经大学承办，教育部科技委在大连召开科研评价专题会议，主旨自然是研究如何改进科研评价。主题发言进行得顺利，还富余一段时间可供自由讨论。借着母校的地利，我便抢着放了一炮，提出“科研评价促退论”。

这么重要且严肃的事体，人家都是努力促进，你怎么反倒“促退”！

看官莫急，我自有一番道理。

要说这评价，从根儿上（本质上?）看是基于不信任的，如果充分信任，就不需要评价，可免于评价。不管搞得怎么好，评价对于被评价者来说都是一种负担，极而言之，是因为不信任而实施的一种惩罚。什么事儿都搞评价，评价大行其道，就是大大拓展了惩罚的广度。

现代社会强调管理，作为管理的必须一环，评价也受到当政者的重视。管理也是生产力，管理具有正能量，这些观念都很有道理。不过，还有别的道理，也在社会实践中顽固地发挥着作用。什么事儿都不可过分，比如饭是人体所必须的，吃多了就撑得慌。我推想，评价也是如此，搞多了，被评价人和相关方不厌其烦，耽误了做正事的时间，恐怕就转变成了负能量。

达尔文受世人尊敬，进化论深入人心，你居然提什么退化论，成心反动么？我个人以为，任何事情，至少在社会领域中，都不能光是秉持进化论，当然也不可全都主张退化论。既不是完全进化，也不能全然退化，似乎得在进化和退化之间适度地动态平衡，更辩证地处理应该是注重“适化论”。再好的事情也得有个度，如果这事情发展还不足，那就坚决促进。如果事情已然搞过头了，那只能适当促退，让它回归到适度点或适度区域。

如此草根的主张，自然会引发高层的轰天大忧。居然主张减少科研评价，有人浪费公款中饱私囊怎么办？有人无所事事滥竽充数怎么办？国家拨了款花了钱，不评价怎么向纳税人交待？

芸芸众生，得病的每天都不少，我们能让没病的人也陪绑灌药么？科研及其管理，虽多居于象牙塔内，倒是可以学一学发达国家的乘车验票制度。如今出国容易，好多人都有此体验。他们通常是进站不验，出站不验，车上偶尔验验。据说一旦验到逃票者，高额罚款，绝不姑息，惩罚力度很大。这样一来，交通部门减少了管理成本，由落网的逃票者为漏网的“埋单”，算总账估计赔不了。多数乘客方便了许多，而且没有屡被打搅和审视的麻烦，心里舒适。机制搞明白了，就容易形成多赢的格局。这个例子如果不妥，那是不是还可以借鉴美国的报税制度。收不上来税，政府输不起，让你自己申报，那就把输不起的风险转移给了纳税人。

原来我们国家穷，省吃俭用就那么丁点钱搞科研，总得使在刀刃上，不敢放任自流。严格评价科研经费的使用，确实是源于“输不起”。现在富裕多了，短缺状态下的配给管理模式仍然大行其道，死板思维和指令习惯却仍然顽固地持续着。

其实，社会投在科研上的经费不可能都有回报。水至清则无鱼，为了有鱼，就得容忍浮游生物等杂质在水里生存。如果一味担心浮游生物把水中的养分消耗光了，影响到鱼的生长，非得用细密之网把鱼之外的其他东西一网打尽，那鱼的生态环境反而失衡，从而无鱼。

要是识得这个辩证法，那么科研中的南郭先生就不可避免，搭便车现象也是题中应有之义。如果说这肯定是恶，那也是“必受之恶（necessary evil）”。问题并不在于有没有搭车的，而在于建立一套切实可行的机制，将搭便车的控制在最小范围内，而最有效的控制未必就是直接评价。

原来我们科研经费很少，各政府部门都竭力为本系统争取拨款，主要靠能出动静的科研成果（代名之以“泡泡”）：因为我们能“冒泡泡”，所以钱应该拨给我们。钱要到手后在系统内分配，也是靠这个“泡泡换钱”的路径。鼓励下面多冒泡泡，再用泡泡换取更多的钱。滚雪球式的方式，貌似良性循环，科研得以做大。

钱丢在地上怎么也得听个响，科研成果当然得有“可辨识度”和接受度。要辨识，要让人接受，只能用外在的指标来评价。什么事都是内行看门道外行看热闹，什么事到什么时候都是外行多内行少，所以对什么事都是看热闹的居多。在层层审批的科研专项体制下，决定科研资源分配大权的往往只能是外行，至少是以外行为主。外行坚持要看，只能看热闹，这热闹就是所谓的“泡泡”。

科研的本质在于创新，在于破旧。越是大的科研成果，其创新性越强，其解构的作用越大。科研本身是一个不断建构和解构的过程，其中充满了不同学科不同学派的争论，根本没有一个最终裁决者，很多场合无法定于一尊。再加上，科研是人的活动，不少人以科研为职业，是把它当做饭碗而非事业，甚至当做自己获利的工具，这就给科研评价带来更大更多的麻烦。

科研评价需要标准，而科研本身又是反标准的，加之人的私利参杂，很难真正搞好科研评价。无法直接评价，只能搞间接评价。无法搞内涵指标评价，只能搞外在指标评价，退而求其次。什么列入 SCI 论文篇数，什么“他引率”，什么获奖级别，不管多么耀眼，其实都是用以间接评价的外部指征。即便当面评审，也往往难深入科研题目的内涵。无论是“大同行”，还是“小同行”，局面多是“杂家评专家”。如果被评审者确实埋头苦干，那他在所研究项目上往往比当评委的专家更专。

体制决定，再难做的事儿也得按规定完成。于是，程序正当、形式合格就成了科研评价的必须选项。本来是底线，在繁多且严厉的管理下却成了科研的重心。

专项评审，用意本来是强化科研的国家导向，提高有限资金的使用效果。然而几个层级叠加，却形成了一个高速旋转的行政作用场，把科研人员和基层（再大的大学也只是一个基层单位）科研管理人员牢牢地吸附于其中。人们忙于申报、忙于结项、忙于评奖，更多的时间耗在没完没了的表格中，真正用于项目研究本身的时间被夺走了。

有道是随波逐流，其实随波与逐流还有不同。“随波”是无奈于大势，不由自主地被卷了进去。而“逐流”则还有主动性，有追逐大势的意愿。行政的引力场作用太强，即便对格局有较为清醒的认识，也难有把持的定力。能不逐流就已经相当不错了，不随波是很难做到的。有理性的反潮流需要极高的素质，须有相当的使命自信和能力自信，还须有撞了南墙也不回头的勇气，或者愿赌服输的傻劲儿。

多数科研工作者还得随波，为稻粱谋是起码的。表面丰满的理想是：“板凳坐它十年冷”，骨感的现实是：等不到十年这板凳就根本轮不到你坐了。于是，原来崇尚“十年磨一剑”，现如今只好“一年磨数刀”。你动不动用科研评价来折腾学者，学者只好以刀代剑，功夫还未足够就勉强交差。恐怕不能单单埋怨学者功利，科研评价本身就是功利性极强的，再过度评价，势逼利诱，当然导致唯功利的学术环境。

被科研过度评价绑架的不止是学者个人，还有大学等学术组织。这次会议上，东华大学的徐校长就坦言，学者可以不为五斗米折腰，但校长不可以，它就是这么个折腰的岗位。是啊，一个学术单位，既得有长期目标，否则振无以高；也得有短期利益，否则行无以远，二者皆不可偏废。提倡脚踏实地，然而实地并不是净土，你踏不踏？你能不踏？如果真为本单位的科研赶超着急，多数校头还是选择向环境妥协，于是，组织化跑项目、组织化跑奖等自然成风。大伙儿一起维系评价的台面，半真半假，至少把程序做足，无奈，也得耐着。大学追求科研排行名次，与国家与地方政府追逐 GDP，何其相似乃尔。

不过，这种科研配置方式倒是培养出一批玩评价程序的高手。有的学者已经异化，他们谙熟操作规则，只是以获取资源为目的，压根儿不管学理和社会文化价值，巧获学者的名望，实则是啃食体制的寄生者，在人格上倒也是功利的牺牲品。部分官员寻租，科研专项评价成了他们利益链条的一个不可或缺的组分，这也是科研评价越搞越多的体制根源。

说了半天科研评价的弊端，根子还在专项科研制度泛滥，还在于科研资源的一竿子插到底的配给方式，还在于上层对大学、对学者的不信任，还在于整个社会缺乏对学者切实尊重的学术生态环境。

敢不敢放水养鱼？

在大幅度增加预算制科研经费的前提下，减少专项科研经费。专项少了，科研评价就可以相应减少许多。科研评价促退，主要是减少其实施范围，让有关部门集中精力把必须的科研评价做得更好些。评价促退实际上是评价改进的必要条件。

预算制的科研经费，不与成果要求直接挂钩。切实改善科研工作环境，切实提高科研人员的薪酬，或者允许科研人员在相当幅度内支配科研经费，放弃那些不切实际的僵硬条款，不让科研人员把精神头耗在怎么搞钱和花钱上。认真学习国内外科研历史过程，总结正面经验和反面教训，系统调整科研规则，重心放在机制设计上，放在学术生态的构建上，让专心搞科研的免去后顾之忧，让遭遇科研失败的人输得起，而让恣意浪费科研资源的人输不起。

放水养鱼，等于国家把鸡蛋（科研资金）散放在不同的篮子里，东方不亮西方亮，输得起才赢得起。我以为，减少那种直接的科研评价管理，不跟科研人员斤斤计较，较为明智。让出空间，从长计议，算总账，才符合科研发展的趋势，中国的科研发展才会有大起色。

官民两议

关注“塔西陀陷阱”

塔西陀（Gaius Cornelius Tacitus）是个老外，史书上说，他曾出任过古罗马执政官。不光当官用权，他还有所心得。比如他说，“当政府不受欢迎的时候，好的政策与坏的政策都会同样地得罪人民”。这个见解后来演绎成为西方政治学里的定律之一——“塔西陀陷阱”。通俗地讲，它可以解读为：当一个政府部门失去公信力时，无论说真话还是假话，做好事还是坏事，都会被认为是说假话、做坏事。

于时于空，塔西陀都离我们太远了。搞不好，陷阱之说还可能被当做酸腐文人的杂耍，还是换个耳熟的说法吧。有一个形象比喻叫“端起碗吃肉，放下筷子骂娘”，如果所谓“肉”指的是公共服务，那这两个表述似乎就异曲同工了。

我是纳税人，怎么没资格吃肉？我有宪法规定的言论自由，怎么不可以骂娘？眼下那么多当官的贪腐，叫我怎么相信政府？是啊，老百姓总可以很方便地找到种种不满意的理由，非常现成的理由，而且还是说起来非常充足的理由。

在好多人看来，“既吃肉又骂娘”是一个既定的格局，实际上，这恐怕是多数百姓对公共服务的一个基本态度，在好多国家都大体如此。社会发展就是这个样子，公共产品的供和求都不可能停留在某一个均衡点上，不可能人人满意，不可能事事满意，即使生活在乌托邦，仍然不可能。

不过，不同社会中不满意的程度有所不同，甚至大有不同。如果跌进“塔西陀陷阱”，恐怕就怨声载道了。显然，“塔西陀陷阱”于官于民而言都是个双输的格局，正能量无以施展，负能量大显神通，社会成本大增，社会收益大减。

我们到底是不是处在这个陷阱中，不同的人会有不同的看法，争吵起来可能剑拔弩张。不过有一点恐怕是可以取得一致的，“塔西陀陷阱”是一个谁都不愿意遇到的状态。那么，重点问题就可以转换为：如何尽可能远离这个陷阱？

如果真的身处“塔西陀陷阱”，政府官员只能靠实实在在的公益行为，看得见摸得着的公众利益增长，让老百姓眼见为实，逐步改善官员的形象，提高政府的公信力，使自己脱离“塔西陀陷阱”这种非常尴尬的局面。“伟光正”得靠持续努力地贡献，得靠把贪腐等不伟不光不正的东西去掉。不能光靠说教、辩解和亲民秀，或者靠揭露其他国家政府的短处等等，那些软招、空招、损招都无济于事，甚至会适得其反。

人心收拾不起来，应该是一个社会最大的问题。有形的物理态的交通非常重要，如果经常堵塞就需要动用各种办法治理。而无形的精神态的交通更为重要，上下乱吵，在最基本的问题上也无法取得共识，国家如何维系？高压锅里气太多，就得动用排气阀。问题太棘手，下猛药的疗效未必好，很多事情要改革，更多的事情得靠改良，社会进步既需要应急处理，也需要坚持下慢功夫。纠结的问题，处理起来也比较纠结，痛快不了。

无论改革、改良，都立足一个改字。怕的是政府官员在行动上的怠惰，任凭某些趋势的恶化。社会矛盾太多，容易把当事人吓住，不敢揭盖子，不敢认账、不敢调整、不敢担当。现在官场病态丛生：有的击鼓传花，有的假招假式，有的移身事外，有的自备后路。如果这类官员多了，占了多数，那就将跌进陷阱里万劫不复。

还有相当一部分官员对“塔西陀陷阱”浑然不知，居然让权力的短期作用蒙蔽了心智。有的官员公开声称：“我就是规定”，这种“朕心态”实在可怕。时至今日，还有无良商人和无良官员联手，损公肥私，祸国殃民，贪官与刁民共恶。相反，留给百姓的空间却太逼仄。比如好多货运司机，不超载就赔钱，超载又常挨罚，两头堵，走投哪里是路？比如不少民企小业主，处处受卡，路路难通，上海的反腐干将就是一个典型，若不是被逼无奈，谁能抛开本业不做，专门跟踪法官取证复仇？

人治的弹性太大，人治可能是德治，也可能沦为无德之治、缺德之治，还可能无治——治者不作为。人治弊病的最终解决还是得靠法治，问题是大帽子底下可以有各种嘴脸，法治也可能成为一个筐，不同人把不同货色装进去。老百姓理解的法治是把公权力关进笼子，官员理解的法治则是把老百姓的私权力关进笼子。当然凡权力都有滥用的可能，都应该关进笼子里。但相比而言，公权力的社会统辖作用和影响力更大，所以将其关进笼子也更为迫切。

无奈的是，向法治过渡是一个长期过程，故而只能双管齐下，既有人治，也有法治。问题的关键是：不能以此为由走私：蓄意阻碍法治的进程。如果能让法治的成分越来越多，就是社会的进步。人治中如果“良人治”越来越多，也是社会的进步。如果脑袋顶上非得有个官儿，谁不愿意那是青天大老爷呢？应该看到，官员中既有不为百姓作为之闲人，那就必有踏实为民之忙人，不然就无公共服务可言。如何在干部机制上让作恶者受到严惩，让作秀者塌台，让实干者、能干者得到补偿和奖励，这是远离“塔西陀陷阱”的一个关键举措。

陷阱坑人，可也是人造的。远离陷阱，靠制度、靠机制，也靠实施制度的人，特别是，法治还得靠专业的法律队伍。法律本有其神圣性，但多年来我们笃信外行可以领导内行，对各种专业，尤其是法律专业，缺乏应有的敬畏之心。中国的法律队伍不那么专业，多年来公检法系统成了安置退转军人的场所，让一些不懂准则并且不顾准则的人来掌管准则，这在官力资源调配上犯了大忌。司法界有的部门以利益为导向，钓鱼执法，甚至有“以嫖养所”之说。专业知识竟然发挥出了负能量，精于不正之术的法官不少。即使一些新近大学毕业的法律专业干部，有才而无德，法律的职业操守差，法律道德精神差，“吃了原告吃被告”，甚至与罪犯同流合污者，也并不少见。

司法界为人诟病的事情太多，然而最要命的还是行政干预司法。好些首长把自己的话当法，对不听话的人动辄治罪。官阶不很大，却满脑子“朕即法”的显意识。这样的高官在上，法官断案不敢得罪领导，也不敢惹刁民，执刀只能砍向小企业、向民企、向事业单位、向顺民。司法不独立，优秀法官就无法履职，只得违心离开司法队伍。而那些善于钻营的蛀虫死命抓住机会，不惜代价完成首长交办任务，目的却是掠取个人营私的空间，公器私用，而干预司法的高官实质上成了蛀虫的工具，上层无形中为下层贪腐打开了方便之门。

近年来一些纪检官员、公检法官员的权益地位越来越高，而精神地位却越来越低，对社会而言，这是个相当危险的信号。对官司惹身的平民来说，即使有理有据也输赢难卜，即使勉强赢了也难以得到法律赔偿，时间和诉讼费都耗不起，让老百姓怎么尊重法律？如果想远离“塔西陀陷阱”，司法治理该是重头戏。

政府威信的另一个重要来源是外交办得好，国家利益维护得好。不过对新兴国家来说，这是件非常难办的事儿。不少国人迷信普世价值，我也信普世价值，但光讲普世价值肯定不够。普世价值和国家利益都得要，二者不可偏废，就如同国家利益和个人利益都得要，道理差不多。欧美强国都是公开维护国家利益的，直言不讳，双重标准本身就说明国家利益与普世价值有较大差别，关键在于怎么让二者尽可能协调起来。在世界各国之间，位卑言轻是硬道理。后发国家既得承受不发达之苦，还得承受发达之苦，既然是双重之苦，当然处于劣势，当然外交就不好办，当然国家利益就不容易维护。

我们的麻烦还在于“宁赠友邦不与家奴”的专制传统。一些官员遗传下来这种“友邦与家奴”情结，于是，对外人软，对国人硬，外战外行，内战内行。为什么那么多人愿意移民到美国，真是自由女神的召唤么？除了各种人的发展机会，关键还是美国公民受到的国家保护过硬。普京为什么受人追捧，真是因为他的硬汉形象？关键还是他的政治作为。一旦事关俄罗斯国家利益时，不管对手是谁，美国、欧盟、日本或者中国，他都胆识超人，应对自如，甭管多难的棋局都能撑下来。国家利益有了，国民的个人利益就有了搭便车的平台，政府威信怎能不高？

得了，人治法治都涉及了，内政外交都提到了，咱最好还是跟“塔西陀陷阱”拜拜吧。

几流百姓几流官

龙应台写过一本《野火集》，其中介绍了台湾地区的一句老生常谈："几流的人民就配几流的政府。"这话看似贬低百姓，替官府申辩，可为什么会在台湾地区流行呢？其中是不是有一定的道理？

细想一下，当官的来自于民众这个母体，通常来说，母体水平没那么高，官员的水平也就高不到哪里去。母体中没有普京，你怎么也挑不出普京来。母体中成长不出奥巴马，你再民主，用什么招儿选，怎么也选不出这样的精英来。

几流的百姓就只能产生几流的官员，几流的官员就意味着几流的政府。那么，几流的百姓也就只配由几流的政府来领导，也就得容忍几流的政府官员。大陆好多人也认这个账，便把希望寄托于未来：我们这茬人也就这么着了，等到我们的儿孙辈长大了，以他们的聪明劲儿和民主意识，现今官员那点水平肯定是领导不了他们的。

也甭光说当官的水平低。既然官员能从平民这个母体中崭露头角，肯定有其过人之处。不是智商高，就是情商高，或者有社会背景支持。德性不便事先定论，平均来说，其综合智商应该是高于百姓的，肯定是高于母体水平的。看到某些官员的蠢行，好多人直喊下课。其实母体的素质在此，换个新官未必就比旧任好，或许一蟹不如一蟹。而且，反官者未必就比在位者高明，这种事儿搞假设是不顶用的，非得有过历练才掂得出斤两。

看来不能逢官必反，哪怕真的处于“塔西陀陷阱”也得辩证地看问题。不能光说当官的错，这事儿也得相对地看。其一，对与错相对，当官的也有对的时候，也有不少好官、清官。其二，民与官相对，当老百姓也有错的时候，也有刁民。任何事情都不能走极端，在官民两方面的评价上也是如此。

好多人只是看到了官民之间的对立性，却忽略了官民二者的统一性。官来自民，是一个进进出出的长期过程，看着这几年那么多年轻人踊跃报考公务员，不都是奔着官位去的么。官民之间存在着千丝万缕的联系，说白了其实官民无界。尤其在中国，官民界线更是难以琢磨。到底多大才是官儿？多小才是民？官民两方面的关系恐怕相对性很大。你想想，国家、省部、厅局、县团、乡镇、街村，层级多去了。中国的市长有副国级的、省部级的、副省级的、市地级的、副厅局级的、县团级的、副处级的，甚至还有乡镇级的，上下跨了八个行政级别，你说市长到底算不算官儿？究竟在哪级能划上一道杠杠，把官民截然分开，上线为官，下线为民？不好说，说不定。

或许可以有这样一个相对判断：真正以人为本者，不管多大权力都只是公用，都不会弄权去统治老百姓，都没有官架子，不成官或不像官，都是好官，因为他根基上是良民。反之，一门心思以己为本者，不管掌握多小的权力，逮着机会就会私用，一举一动都比着官的样子做，都做成了官，而且是劣官。

政治资源有限，官位毕竟太少，可持“朕心态”的官员并不少。据说北京是“首长之都”，据说北京人把所有的外地人，包括上海人，都当成下级。可在我看来，可不光北京人把别人当成下级。好几千年的专制统治，让官本位的观念发挥到了极致，沁入了好多中国人的基因。为什么大江南北热播皇宫戏？骨子里八成是为了过皇上瘾。没吃过肥猪肉，就想看看肥猪跑。看着看着就入戏了，在意淫中当官弄权，以资消遣。

一个社会的现代化并不能与时俱来，公民也不是天生的，而是需要养成的。良心发良知，良知育良民。即便公民养成之后也仍会有私心，也仍存在转恶的可能。毋庸讳言，民性有善恶。现实生活中，有民之刁，也有刁钻之民。如果某人多行刁事，日积月累就容易演变成刁民。所谓刁民，不讲道德，没有底线，唯利是图，不是胆大，而是没有良心。不把别人当人，也不把自己当人，上上下下好多人感染有这个毛病——人生最大的毛病。某些人说当官的不好，那是苦于自己没有机会逞权宦之威发贪官之财。这种人一旦得势，对社会的祸害更大。

根本用不着列举杀人、强奸、贩毒、拐卖人口那些极端之恶，只消环顾身边许多我们不以为意的小恶，就足够了。正是这些恶才更为普及，才更广泛地侵蚀着我们的心灵，减损着多数人的长期福祉。有小孩子去埃及在金字塔上乱划，举国一片哗然。可回想国内的好多景点，不正是：开发与损毁同步，游客和杀手得兼。谁又挺身而出大声喝止了呢？

2012年，音乐剧《悲惨世界》被拍成电影，我们得以重温维克多·雨果对人性之恶的深刻批判。相比而言，警官沙威对冉·阿让的追杀还不算太可恶，毕竟他还有职业操守。最可怕的人是小旅馆的老板德纳第，还有那老板娘，因为他们没有任何道德底线，可以恣意妄为。再回想一下，芳汀是怎么失去工作沦为妓女的？正是由于她工厂同事们的羡慕嫉妒恨！

将近200年过去了，难道我们道德水准还停留在十九世纪初的英国么？面对"塔西陀陷阱"，不少人又会说，这是当官的事儿，与我等何干？真正明白了官民无界，就会知道：谁都不可能身处局外。破解"塔西陀陷阱"，不仅需要官员们的政治操守，还需要民众的正面参与，需要官民两个方面的长期努力。面对"塔西陀陷阱"，民间尤其需要避免情绪化的判断，不能逢官必反，也不能搞"官责无限"。由于官民无界，逢官必反，最后就反到了自己头上。主张官责无限，实质上也就是主张民责无限。

同时，还不能搞"民权无限"，不能搞所谓"三个一切"：一切为了民众，为了民众一切，为了一切民众。这种套话听着漂亮，无非大话、空话。"三个一切"做不到，不可能，也不应该那么做。民众是由不同的利益集团构成的，民众有共同的利益述求，也有各自的利益重心，彼此之间是存在利益冲突的。而社会资源是有限的，满足了这部分民众的利益，就可能损害到另一部分民众的利益，利益的满足是在各种博弈中实现的。正是由于民众利益的同和异，社会才产生了政府组织，提供公共服务，协调利益关系。如果民权无限，政府就无法运作，或者惹得部分民众的怨恨，又是当官的错。

相对于组织，相对于政府，草民很多时候是弱势的，但并不一定总是如此。强势和弱势也有逆转的可能。如果某些人打人情牌、悲情牌，利用公众同情弱者的普遍心理，借时机绑架舆论，完全可能将组织和政府机构置于被动地位，从而使自己获得较大的、甚至过分的利益。比如利用中央对地方政府零上访率的死令，专门在全国“两会”期间闹访，就容易换得地方官的妥协，从而获益。政治运作机制总是有软肋的，完全可能出现漏洞，借此谋取一己私利，虽聪明能干，仍然是恶。此恶必将侵蚀他人利益甚至公共利益，理应制止。

"闹访"倘卖无？

“酒干倘卖无”是台湾地区一首流行歌曲的名字，来自收酒瓶子小贩的街头吆喝，闽南语用普通话翻译过来，就是：有没有卖酒瓶子的——酒瓶子换钱！我为文章取这个名字，因为不少地方“花钱买平安”，相当于官方拿着钱四处喊：“闹访”倘卖无——有没有卖“闹访”的啊？闹访换钱！

“花钱买平安”，是对地方政府维稳的一个典型解释，息事宁人是基层官员的一个基本态度。然而这么些年来，执行的效果似乎并不好，似乎越来越不安生，各种离奇的、出格的事儿都冒了出来。

2013 年 1 月 2 日，某市一中学分快慢班，分到慢班的一位学生在家中跳楼自杀，家长一定要学校赔偿。

新浪新闻 2013 年 1 月 30 日报道：黑龙江某市为上访户在北京提供 60 平方米房子。

一母亲常年到某省教育厅上访，因女儿与一位中学教师婚外恋，指责学校没有管好职工，要求政府赔偿。还有一中学教师自己在校外喝酒身亡，家族愣把尸体摆在校园里，非要学校偿命。

南京一高校学生自己在操场锻炼时心脏病发作猝死，家里亲友几十人在校园招待所里吃住，不赔偿坚决不走。公安局压学校照赔，以免事端扩大。

不用专门去收集，只要网上浏览，或者饭局闲聊，这种事例唾手可得。根本不是那种惊天动地的案子，五花八门，见怪不怪，就实实在在发生在我们身边。

怎么会弄成这副样子？

我以为，这在相当程度上是政府自找的。

一方面，中央高调提倡执政为民，另一方面对地方政府却实行上访事件一票否决制，严令基层“息访”。为了不被否决，基层只有不计代价，争取“零上访”。政治上一软一硬，软硬分施，以为对个案的宽容即可灭火，忽略了不当处理的恶性乘数效应。

堵水看似见效快，却很容易造出悬河或者堰塞湖来。“稳定压倒一切”，往往是把小的不稳定积累起来变成大的不稳定。真平安花钱买不来，花钱买来的不会是真平安。钱撒下去，很可能只是恶性事件的周期性的暂时平息，等钱耗得差不多了，新一轮上访便开始了。

花钱买平安，让政府的软肋暴露于天下，你怕闹动静，那我就专门闹。你把自己的“死穴”往我手指头上送，就怨不得我点你穴了。动静闹得越大，就越容易获益，越有成效。竖起招兵旗，便有吃粮人，既然黑容易吃，那就有人吃黑。既然你花钱买平安，我就用“不平安”来卖钱。虽然多数人善良，不肯以此为业，但搭便车的好处还是愿意得的。架不住少数狠心人当雇佣军，上访专业户成了一条生财之道。现在居然有专门经营上访和闹事业务的所谓公司，聘请一批老头老太太，事先培训如何哭闹，平时在家呆着，遇事就出场，闹出赔偿后各自分成。

官家的本意是息事宁人，可好人宁得，恶人宁不得。相反恶人会乘机而入，得寸进尺；而好人有样学样，也跟着学做恶人。一闹就管用，所以遇事就跟着闹。花钱买平安，成了纵刁，纵恶，难道不是“惯出来”的上访么？

花钱买平安，即是动用公共资源，花的纳税人的钱，挪用到“维稳方面”。本应用于卫生、教育的正当支出，多数人却享受不到。利益驱动让刁民不安分，不老实。会闹的孩子有奶吃，公共资源分配的不公，该花的没花着，不该花的却多花了。或者被浪费掉，大家都没花着。地方财力本来并不宽裕，花不起这份钱，只得硬撑着。

钱花了，效果并不好。得到安抚的不领情，反正钱是国家的，不吃白不吃，没什么风险，成本少，收益大。个别人上省城、京城办私事儿也到信访局登记，专门让接访的安排回家，还得坐飞机才回。每到开“两会”时，有的地方政府安排本地知名上访人员到风景区旅游。老实人吃亏，刁民占便宜，社会风气渐由平顺转而刁钻。

不是应该依法治国么？我们却一直把应急处理办法常规化，专门设置了与法律并行的信访机制。明明有法律一整套程序，却又让上访成为专门的工作系统，这本身就是对法律的削弱。高层还专门到信访局视察，看望信访者，此种行为本身无疑被解读为鼓励上访的政治信号。有人指出，地方法院执法不公，造成冤案才引起上访。真若如此，那由高等法院“下访”行不行——中国能不能搞巡回法院制度？难道非得撇开司法系统另起炉灶么？

实践检验表明，花钱买平安不灵。那就得认真思考，是不是顶层设计出了问题，是不是法治机制上存在漏洞。

亲民少点秀

传说有两个县长比邻履新。一位看到当地可能发生洪涝灾害，上任后便大修水利，另一位则大搞城市建设。结果洪水果然来临，一个县因防患于未然而安然无恙，另一个县则全城被淹。然而那位城建县长临危不惧，果敢指挥抗洪救灾，县里市里荧屏上尽是他在一线奋战的光辉形象。事后，该县长因政绩突出被提拔到市里任职，不仅不用承担城建被毁的决策责任，还分管了那位大修水利的县长。

有人对两种为政方式的点评是：干得好不如干得巧。显然，比较用的是官本位的判别角度，重心在于官阶是不是升迁，而不在于执政的实效。大修水利，关注老百姓的根本利益，骨子里是亲民的。大搞城建，目的往往是迅速提高施政形象，以求升迁资本，作秀的成分大。到底谁该提升呢？

在中国，也不光某些当官的钟情于作秀，民间也习惯于被秀，甚至参与作秀。新华社一个记者曾发过一张照片，配文称：“中国士兵在零下50度边境站岗，头部护具全结冰。”网友纷纷致敬，称：最美眼神！最可爱的人！媒体本是作正面报道，刻意表现士兵的牺牲精神，可背后却折射出“轻民”的工具意识，而国人居然坦然接受。对这种我们“习以为常”的事儿，据说有老外“大惊失色”，那欧式长句的疑问是：你们会叫你们的士兵在这样寒冷的天气里为了所谓的边境安宁站岗吗？媒体会怎么反应，如果你们的士兵冻伤了？

这叫人何以回应？

我没去确证此类事的真假，都是网上传的。不过，官媒上也发布过不少类似的消息。比如各类庆典折腾小学生，大热天让他们烈日下暴晒等着迎接领导，大冷天让他们提前到场，凄风冻雨中一站就是个把小时，甚至更长时间。为了撑场面，动不动就把下属和子民当群众演员，当道具。一事当前，只顾领导心情，不计人工，不惜民力。亲民往往演化成轻民，秀不以为秀，丑不以为丑。说穿了，就是不把人当人看，在我心目中，这是为政者最不仁最忌讳的毛病！

百姓在“享受”公共服务时会遇到多少麻烦？恐怕好多人都感受颇深。就说首都机场 T2 航站楼吧。乘客在候机楼与停车场之间必得横穿两条机动车道，车流与人流抢行，身堵，心也堵。公共设施本来是与民方便的，可设计者和项目官员心中，便民究竟有多大的份量？不少建造方案方方面面都追求完美，唯独缺少亲民这根弦。

可能正是因为这种系统性的缺失，高层才一再强调执政为民，才一再亲力亲为，好像是在给基层官员树立榜样。

亲民本是天大的好事情，最充分地体现了政府组成人员的公仆意识。然而，再好的事情也不能过分，好事得有个实在做法，过了就容易变味，甚至有转化为苛政的危险。

应该意识到，亲民也是该有分工的，不能都抢着去亲民，该谁亲的民就由谁去亲。尤其是最高层，不应该总是直接去亲民，而应该去“亲官”——即是去亲那些本该亲民的人。亲官不是指光提高基层官员的物质待遇，而主要是让他们创造性地工作，给他们建功立业的机会。高层把主要精力放在亲民的制度和机制建设上，让各级官员有个能够亲民的大环境，这才是高层的正务之所在。当然，最高层直接到最基层去亲民，偶尔为之，也是树立政府亲民形象的需要，无可厚非。但总这么做不成，那反而会有作秀的嫌疑，民众也容易产生审美疲劳。即为高层领导，政治资本已足够了，何须专事积累。

再者说，最高层哪怕就是成天到基层去亲民，也亲不过来。比如，随从人员不该安排总理直接为某位打工者或某群打工者讨要拖欠工资，也不该让总理直接替某位农民去卖桃子。试想一下，如果全国的打工族都跑上来求总理给讨薪，如果全国的果农都拥上来请总理给代卖水果，总理还当得了总理么？这类举动多了，好像只是总理一个人亲民，剩下的官员都无所事事，分明是陷总理于不义啊。

上面也知道高层下访容易扰民，所以提出“有警不见警”的工作要求，可这比“有警见警”还麻烦，基层和群众负担更重。网上披露，某年春节期间，总理要到汉中视察，中央办公厅提前10天派人来安排安保工作，所到之处，公安、消防、当地政府加班加点排除隐患。其中一个细节挺有意思：当时安排，预备入户随访四家，在头一天就有人上门，把几户人家中的菜刀全部没收。这到底是亲民呢，还是防暴？

莫非政治就是作秀？莫非亲民就是作秀？那就往旁边瞅瞅再回头看看吧。

当年美国新奥尔良海啸，整个城市被毁，小布什，那位常被讥笑的总统，并没有在第一时间赶赴现场。他是生怕自己的专机和专车搅局，影响了救灾物质和人员的运送。估计小布什还有一份自知之明，在如何救灾这个事儿上，他肯定不是最佳的指挥员，所以少去添乱。虽是民选总统，在这种事儿上他反而不怕人家骂他，不刻意亲民，不去要面子。

还有，英国皇家御用舰艇的舰长，一到休假时间就尽快离开下属。他知道，执勤漂在海外多时，此刻士兵最想要的是自便，而不是上级的亲切关怀。当头的如果明智，那就得尊重人家本该有的空间和时间。

其实，就是中国专制时代的官吏，也有注重实效的亲民典范。相传有这么一位宰相，名字我记不得了，大街上撞到杀人时他无动于衷，遇见牛喘粗气却停下来观看。随从不解，问他为何不管人命，偏怜牲畜？这位明公回说，杀人那种事儿有京兆尹管着呢，牛喘粗气说明天气燥热之极，事关天象，事关粮食收成，身为宰相岂可不管？

怎么样？亲民确实可以少作秀吧？

政府作为有没有限度?

众所周知，无政府主义是一种激进思潮，认为权力乃万恶之源，只要取缔了政府，不见了官员，老百姓就能享有最充分的自由。我没这么极端，或许算个“有政府主义者”，实在是因为政府乃一种客观存在。你承认，政府在；你不承认，政府也在。

都说美国的市场经济是最自由最充分的，仔细察看，其实美国政府机构在美国经济和社会生活中所占的份额可并不小。回顾人类历史，不管诸多自由主义斗士怎么率领民众反抗，政府还是顽强地存在着，而且似乎越来越壮大。政府倒不是与人类一起来到世间的，可请神容易送神难，能见其始，难觅其终。若干国际组织联合制定了国民核算体系（SNA），其中列示了现代社会的五大机构部门：居民户、企业、政府、非政府非营利组织（NGO）和海外机构。你看，这就代表了人类对当今社会结构的一种素描，对现实的一种承认，其中包含着政府。

人们不喜欢的事物有许多，可并不是因此它们就会被否定掉。多少年了，国人好多都不喜欢高考——一种政府教育部门出面组织的统一选拔方式。为了得到有限的高等教育资源，家庭和社会都付出巨大的代价，弊病的确不少。可是到目前为止，谁又能为我们找到一种更为优选的替代方式呢？没有。既然还没有，那就只能沿用老办法，不管多少人吐口水。真正有力的解构可能恰恰是建构。新的建构缺失，无法真正解构既有。

其他政府机构恐怕也是这样。好多事情的处理，只要市场，不要政府，恐怕不行。或许平时还凑合，关键时候则不行。不少事情就是需要共同决策，可是除了政府，人类还没有发明出更好的公共组织和机制来。NGO 能部分地替代政府作用么？它还在发展之中，还要更多的实践来检验。企业、家庭与政府都是社会组织的一种，恐怕不能绝对地论其高低。

自由主义经济学家强烈反对政府的干预，说出了很深刻很透彻的道理，可是哪位理论大家能充分证明无政府的社会合理性呢？政府是市场一种对抗性存在，政府存在本身就是对市场的一种干预。所以，问题可能并不在于要不要政府干预，而是政府如何干预，在什么范围内，用什么方式和机制，由什么样的人来代表政府来干预。社会面临的选择，不会是政府有无的问题，而只是政府的大与小、省与费、好与坏诸问题。

官与民相对，相辅而相成。老百姓是不是绝对不要政府呢？恐怕也不是。人类历史上，正是由于民众利益的获取和争夺引发了矛盾，需要有专门的社会组织出面来加以维护，政府机构才应运而生。扪心相问，对政府的作为，民众到底怎么想？毫无疑问，对百姓来说，政府的服务最好是百姓召之即来，挥之即去。多数时候，其实百姓最想享有自己的生活空间，不愿意政府官员来掺和，不愿意外人来打扰，哪怕再大的官儿来亲民也不招待见。猫只有饿了自己找不到食儿的时候才围着人转，才喵喵地叫，如果它吃饱了，躺在那里舒服，是最不喜欢被人打搅的，被惹急了非伸出爪子挠你不可。只有到了类似于自然灾害、金融危机这样的紧急关头，百姓才会想起让政府来帮助排忧解难。人类的机会主义倾向在危机时刻充分地表现出来，平时无事，强烈地反对政府来干预自己的生活，而到了紧要关头，什么稻草都要抓住，就是平日里最为不屑的政府这时也该到位，给自己抛个救生圈，或者递来一口水。政府就该是老百姓的“听用”，或者“听差”。

就政府的事儿说了半天“这个可以有”，是不是就得跑到另一极端，认可政府的过度存在和作为呢？不是，这个“过度”决不该有！“有政府主义者”不是“唯政府主义者”。不是提倡把权力放进笼子里么？首先要放进去笼子的就是公权力，首先要约束的就是自称“人民公仆”者的行为。

执政为民，知道民众对政府最平实的需求，官员就应该顺乎基本的民意，确有需求，再去供给，平时不要作为太多。即然要亲民，就得想民之所想。只有民众确有被亲的需求时，你再去提供亲民的供给。政府不能过度揽责。“把所有问题都自己扛”，再强大的政府组织，哪怕掌握再多的资源，也有不能承受之重。尤其在面对“塔西陀陷阱”时，更得注意政府作为的实际效果。

可我们的官员总是不放心下面，总是以为百姓时时处处离不开党的领导，就像鱼儿离不开水，瓜儿离不开秧，总是一副普度众生舍我其谁的感觉，总是以为“市长比市场大”，其实不尽然，很多时候绝非如此。

政府过度作为，往往造成市场结构的扭曲。许多官场消费形成了变形的需求，比如这些年来花卉市场主要靠政府活动支撑，中央八项禁令下达后，全国最大的云南花卉生产基地受到相当大的冲击，还有高档餐饮业也四处萧条。这些消费量的缩减是向市场本来状态的回归。如果公款消费真能限制住，不少企业就难以为继，许多营销方式就得彻底转变。如果官员待遇真能限制住，还会不会有这么多人报考公务员，都是个问题。当年政府为了拉动内需，砸下几万亿，中国率先走出危机，似乎政府力度很大。其实生产能力提高后，人“口”多就是最可靠的内需，中国经济通常不会太过低迷。你感受一下，不管走到哪里都面对着人山人海，衣食住行游乐购，这经济不用怎么拉，自己就动。据说2011年大陆出国七千万人，花去了三千万美金，半个“四万亿”啊，虽说这笔资金拉动的是外需，可却证明了国内消费市场拉动力相当大，并不一定都要听命于政府。

政府过度作为，就会带来一个问题，这就是政府支出的扩大。财政财政，没财哪来的政。显然，政府作为并不是没有成本的，政府又不是营利部门，所有成本看似由财政埋单，最终还得由纳税人来负担。虽说政府可以开机器印钞票，但那得有实体经济支撑，不然一准儿“钱毛了”，就是引来通货膨胀。政府真想减轻老百姓负担，藏富于民，则以少收税为佳。减税须简政，那就少做点事儿，只把应该做的做好，足矣。

政府过度作为还有一点危险，就是容易形成运动群众的局面。政府想做的事，主要应该在公共领域，这往往需要民众参与，那就要注意保护群众的精力和公共参与热情。不能因为中国人多，就不把动用人工当回事儿。要知道，这也是一种税——人工税，是老百姓以时间或精力等形式付出的实物税，人工税也不能抽得太重。如果太过经常，那就是折腾老百姓。苛取而不以为苛，很容易走到了亲民的反面——扰民。比方说各种典礼的小学生团体表演，搞多了肯定对他们的成长没好处。本来欢天喜地的事儿，反而成了惹来民怨的因由。打小在孩子心灵里埋下被折腾的阴影，以后再让人家贡献，就更困难了。

现在不同社会组织在领域分工上有些问题。政府常抢着做本该由企业和个人做的事，比如直接并且率先推动经济增长。政府的精力和资源毕竟有限，顾此易失彼。结果往往是，那些本该由政府做的事，比如公共服务方面的事，却有好些得由企业和个人自己来负担，甚至没有人去做。我们的发展往往单打一，有的事情大伙都去做，有的事情又没人做，就是源于这种人力和物资资源上供求的不平衡。

现在不同政府层级在职责分工上也有些问题。最基层的官员说着与最高层同样的话，成了传声筒，层层都在号召，层层都在“抓落实”，就是落实本身没人抓，不知到底该由谁来落实最高层的号召。而最高层的官员，一有机会就下基层，总来做本该由最基层的官员做的事，倒了过来。这种作为方式，政府真正的作用不容易发挥，好多机构等于虚设。

政府既有许多越位行为，也有不少缺位之处。2013 年年初，民航航班大面积延误后，昆明机场极度混乱，主要原因就是有关机构缺位，应急预案形同虚设。缺位导致无治现象，四处都找不到责任人，乱局当然产生。公共服务，油水不大，好多官员不愿意多出力。工作方式上点到即止，把祸水堵在自己门外就拉倒，都把活干到这种程度，当一天和尚甚至敲不了一天钟。我以为，只有在动力和执行机制两个方面都下狠工夫，才可能让公共服务真正到位。

我曾把改革归结为“经济主体归位”，不越位是为限，不缺位是为度。

法力有边

法力无边，人们通常用来比喻力量极大而不可估量。所谓“法力”原是指佛法的力量，后来泛指神奇超人的力量。我这里借用过来，专指司法的力量，而且想加个框：即便法制重要、法治重要，其力量也不是无限的。

老年人权益保护，修订了新法。其中一条很有些雷人，要子女“常回家看看”，引来不少争议。子女看望老人，天经地义，道德崇高，列入法律条款，不是完全正当么？有什么可争的呢？

可世事就是没那么简单，这立法固然出于好心，可稍加考虑便发现漏洞不少。

首先，这“经常”怎么量化？多长时间看望一次可算为经常？如果父母与子女在看望次数上认识不一致，法官如何裁定子女是否违法？如果法律条款留下那么大的模糊空间，法官的自由裁量权岂不太大？

如果子女因孙辈的原因难以经常回父母家，到底要不要负法律责任？一旦敬老和抚幼产生了矛盾，哪一方面应该占先？未成年人保护法又该如何做出相应规则呢？

如果有的父母把子女看望当成负担，并不愿意子女经常来看望，又如何处理？子女非要依法行事，父母又不愿意成为执法的对象，那不是硬给老人添乱？除非再作规定：子女看望父母，第一不得在父母家居住，第二必须自带食物，第三不得从父母家带走任何财物，如此等等，严禁啃老！违者必罚！

如果两代人到了一起就添堵，就是对不上眼，眼见心烦，这经常看望是不是会造成双输的结局？在双方关系并不融洽的情况下，聚会就是引发矛盾，为什么非要激化而不是淡化之？中国社会最大的毛病是窝里斗，为什么一定要增加这种内斗的机会呢？

如果子女为生计无法离开工作岗位，做不到法律规定的“经常”，又如何处理？对国有企业职工而言，法律是否应该规定，单位必须为职工履行此项法律责任提供时间和财力保障，否则以客观造成职工违法论处。那么在非国有企业打工的又怎么办？如果为看望父母经常请假，丢了工作谁来负责？老人愿意子女为看望自己而砸了饭碗么？如果老板拖欠工资，没钱回家那责任由谁负？如果是地方政府拖欠了施工企业的工程款，是不是也得负连带责任甚至主要责任？小小平民打得起这类官司么？政府是否应该对这类官司给予免费的法律援助？政府财政能否负担得起诸如此类的法律援助？

平时得经常看望父母，那过年过节就更应该守在父母身边，法律是否应该也为此专门作出什么规定呢？是不是一到年节，咱们把各种社会活动都停下来？这当然不成，看春节晚会，常常有场外镜头给那些过年仍然坚守岗位的人，向他们表示敬意，因为社会离不开这样的贡献。有人说这都是特殊岗位，这些人年节不看望父母是可以的，而且是一种无私的牺牲。问题是，这些特殊岗位到底应该有多少？谁对其范围作出明确的规定？比如中央台春节晚会到底该不该搞，争论就不小，那地方台呢？如果这类活动本身的正当性还值得怀疑，那岗位的特殊必要性也就跟着不保靠了。以此为理由不看望老人就容易成为被告，此等民事纠纷就得由法官来定夺了，那中国得有多少法官呢？什么事都经由法律渠道解决，全中国人都来当法官够不够用呢？

判断一个事在不在理儿，一个妙法就是把它推向极致。其实有的事情稍微外推一下，毛病就暴露出来了。这新法公布后，看到许小年一条“推论”，下一步应该颁布《夫妻权益维护法》，硬性规定，夫妻必须同居，必须经常同房，云云。到底是高手，没着一个“不”字，就把经常回家条款的荒谬性给捅个底儿掉。

按说这条款并不那么要紧。多数家庭和谐着呢，用不着法律来操心，法律多此一嘴，说了等于没说。而对有矛盾的家庭，这条法律又起不了什么作用，说了还是白说。翻过去调过来看，这条款即使不严密也无所谓，并不值得品头论足大做文章。

问题的要害在于：这等小事往往折射出当政者的思维方式和工作水平，事关法度和自由程度，从而会影响到老百姓的切身利益，不由人不深想一层。

依法治国当然是对的，可能不能“依法治家”？好多时候似乎法力无边，然而落实到现实世界中，是不是往往“法力有边”？

中国经历专制社会两千多年，上上下下对政治运作总结出许多充满智慧的经验和共识，比如，“清官难断家务事”。人家找上门来要父母官断案，都那么难，留下许多纠结和遗憾。在河南内江古县衙，有一块匾书有“天理国法人情”六个大字，当时皇朝的执政理念显而易见，并非事事唯法是用。尽管我们如今提倡执政为民，尽管我们高等教育进入大众化阶段，尽管我们有了高科技手段，又怎么敢把什么责任都往政府身上揽，什么事儿当官的都主动参与，居然胆敢去趟家庭矛盾的浑水？难道我们的执政水平还大不如千百年前的老祖宗么？

在发达国家里，有着限制王权的传统。十八世纪中期，英国首相威廉·皮特曾在国会演讲时提出：“穷人的房子，可能已经破败，摇摇晃晃，风在其中穿梭。但风可以进，雨可以进，英格兰的国王却不能进，他的权力止于这间破房子的门槛。”皮特的话后来被简化为民谚：“风能进，雨能进，国王不能进。”屋子破，风和雨自然是挡不住的，但国王顶多算个“天子”，儿子还不能有老天爷的那个待遇。发达国家类似的政治理念并不少见，官员们出国考察学习的那么多，就连这么点精神也带不回来么？

难道是现在进入盛世，要建更完美的社会，法律才事事处处挺身而出么？似乎还远没到这个份上。要是从百姓们的疾声呼喊看，倒真是还有许多事情我们的公共服务并不到位。比如前些天报道，儿童因父母吸毒无人照顾活活饿死，对这种性命攸关的事情政府如何作为？法律能够发挥什么样的作用？在更应该参与的事情上屡屡缺位，而在不那么要紧的事情上却每每越位，这种错位的政治作为难以让民众真正幸福起来。

事体本来不大，若总是眼高手低，就会让小事儿酝酿成大事儿。

不管多低的级别，满脑子“朕意识”，习惯于传达而乏力于执行，就难免露怯。总在纸上作空文，并不考虑而且不在意实践效果，让百姓们不拿空文当回事儿，那不会让神圣的法律失去光环么？

该不该“齐抓共管”？

“齐抓共管”是中国政界常用的一个词，意在强调各级干部围绕中心工作一起努力。集中资源办大事，举全力而为之，的确容易实施赶超战略。然而，如果总是这样做，不管什么事情都这么做，滥用所谓的工作优势，“齐抓共管”变成动作一律，就跑偏了，再加以滥用，负面效果就出来了。

想想我们好多工作，官员们都喜欢大呼隆的做法，一事当前，全民皆兵，不计工本，不管过程，只要预定结果。有的工作目标固然可以实现，有的却是拍脑袋拍出来的，没法子做到，基层就套用拍脑袋的法子，变花样把它“实现”，只要让上面看到我在“齐抓共管”就成，至少得让面子上过得去。“文化大革命”时期，辽宁搞出了“赶社会主义大集”，先定下一个时间地点，搞出点名堂，然后就逼着百姓到那里凑热闹。即是赶集就得有农副产品当道具，自家没有也得去，哪怕借东西也得去赶集。如今“文化大革命”已经过去三十多年了，可这种工作方式却顽固地存留了下来。上面的中心工作也太多，动不动就布置下来一个中心工作，说是群众运动，实则运动群众。下面“齐抓共管”压根儿来不及，只好扔了旧的，赶来应付新的。概括起来就是两个“一哄”：先是一哄而起，再是一哄而散。

什么事情都强调“全国一盘棋”，骨子里是一种象棋式的思维方式，维护的是一种唯上的规则体系。全部棋局都围绕着“一把手”展开，老帅的命决定了整个棋局的输赢。按照这种规则，当然可以并且应该丢卒保车，必要时亦可以而且应该丢车保帅。想想之所以丢卒保车的原因，还在于车的保帅能力远远大于小卒子。按照保帅能力的大小，各类棋子有着重要性的等级区分，这等级决定了关键时刻被舍弃的“优先”顺序——实乃卖命的顺序。中国人从小学着下象棋，脑子便浸润在这种等级文化之中。本来只是战争状态下的一些生存规则，却被推广到日常生活的所有方面，成了彼此竞争的铁律。

我们的上层，对外打交道时喜欢讲中国特色，对下布置工作时却喜欢整齐划一，不许下面搞局部特色。从道理上这是说不通的，如果中国对世界可以有特色，那么局部对全国也可以有特色，而且高层应该鼓励下面创造性地开展工作。然而，我们管理中一律之风盛行，还是习惯沿用旧时幼儿园阿姨管小孩子的办法，动辄大喝一声：“把手背到后面去”，我少年时亲耳听到阿姨指挥孩子高声重复此令。只要行为一律，不要生龙活虎，一副惨淡之像——外国人到大陆幼儿园最惊讶最反感的一幕。还记得小时候的一种游戏，一个孩子喊口令：“我们都是木头人，不许说话不许动。”“动”字一出口，就谁也不许动了。虽说是玩闹，也反映出专制教育留下来的生活痕迹。

我写过一篇讲成本效益分析的小文，那里特别强调过“小局观”。其实在开展工作时都应该如此，格局狭隘不成，大而无当也不成。“长”中还该有“短”，所谓“短”，就是分析问题时要注重历史时期中的阶段性特征。“全”中还得有“局”，这个“局”是局部的局，就是分析问题时还真得小处着眼，得注重共性规律下的特殊性。执行中在大时空下对特定“小时空”给予更高的权重，重点加以考虑。不光要具备“大局观”，还同时具备“小局观”，这是上层决策时也该注意到的。有了小局才可能有可持续的大局。各组成部分对系统非常重要。我们过去常常讲“大河有水小河满，大河无水小河干”，我以为，这个说法有大毛病，只有大河堵塞水流倒灌时才那样，不该以偏概全。正常情况恰恰相反：小河有水大河才有水，小河无水大河则无源。

我喜欢看电视剧《亮剑》，欣赏李云龙的作为，很大程度上就是因为这个小局观。李云龙的团特别能战斗，因为它有一位敢于亮剑的团长，因为它真是独立团，因为李云龙自己豁出去了不怕丢官，因为这位半大小官敢于并善于维护小团体的利益，因为这位军人善于动脑，不甘机械执行命令，必要时刻还敢于抗命。当然，李云龙的上级很大度，能容忍他出格的举动，也是必不可少的成就条件。我以为，如果我们上上下下的官员都能从小局观的角度琢磨一下李云龙，应该获益匪浅。

事物是连续的，是彼此联系着的，有的时候需要阶段性和层级化的处理，找出事物的关节点加以区别，工作真正得以开展。正所谓：“不该一刀切，却不能不切一刀。”然而在实践中，好多官员只知下刀照切，只是上传下达，只会击鼓传花，只求位置升迁至少自保，把祸水堵在自家门外。为什么会出现这种官场应付的做法？或许与多年强调“齐抓共管”有很大关系。

什么工作都强调规定动作，根源于对下层的不信任。下层官员确有作为不力或鱼肉百姓之徒，但多数还是好的。应该有这个干部队伍自信，不然就该集体总辞职了。对下层官员管理的关键也是扬善惩恶。同时，不能把什么责任都推到下面。有不少时候正好相反，问题在下面，根源却在上面，甚至在高层。比如上访，经年不断，高潮迭起，就有高层的责任。应该是上下两种官方行为导致了上访：一是基层干部不作为，地方法院执法不公，确有冤情的百姓实在走投无路，导致越级告官，这是逼出来的上访。正当的法律和行政程序走不通，只好到上层讨说法。再一是上层对民众唱高调，说梦话，许大愿，给百姓画饼。让百姓误以为上层就能直接对民众施惠，高官就能亲自解决自己的问题。更多的上访者是深谙中国官场的明规则——“官大一级压死人”，只想讨得尚方宝剑来压基层官员，求得冤情昭雪，索回补偿。

上层究竟应该如何作为，值得深思。我以为，上层不要对老百姓许绝对之诺、不可实行之空诺。不能自己把好人做尽，不给下层，甚至后任，留有余地。时间长了，老百姓就能看出真善和伪善，再愚再笨也分得清实干和做戏。领导形象固然重要，但从根本上说，官员的威信不在于个人形象，不在于你仰望什么，不在于你认为政府应该做什么，不在于你说什么，而在于你做什么，把精力和时间用于忙什么，你真正关心的是什么。

上层如何处理好与基层的关系，是官员执政为民时应该注意的一个大问题。不宜把基层当做棋子随意调动，不宜跟自己的政权基础作对，反过来，得爱护基层，高层得“亲官”。高层不应该抢基层官员的风头，抢做好官，而应该给基层行善的机会，让基层官员做好人，让基层做好官，这才是真正高明的领导。高层得给出大办法，管用的办法，建立制度和制度得以落实的机制。上面光提目标不成，光说过河不成，得帮着解决桥和船的问题。让人摸着石头过河，就得帮着下面把浅的地方先找到，标出来，然后大伙才能趟着过河。不宜提目标不给办法，又要求动作一致。不宜对下面两头堵，甚至几头堵，不宜憋死牛，总得给下边留出活路。憋得没路了，下面只有造假对付上面。有的高官对下级只要结果，不问过程。这种不讲道理的管法，是会往下传递的。高层对基层不讲道理，基层就会对老百姓不讲道理，随机处置权演变成随意裁量权。把纠纷把困难把包袱往下压，如果压给事业单位和国企，还是挤占了国家利益，如果压给民企，那就扼杀了市场动力。

“单向沙漏” 的妙用

2002 年，到美国去一家公司参观，产品包装箱上的一个装置给我留下了非常深刻的印象。

那是一个玻璃小罐里装了些许沙子，外表看上去特别像我们的沙漏。问主人它的用途，说是可以检验产品运送过程中有没有被过度倾斜。原来，如果过度倾斜，这产品的质量就会受影响，所以特别小心。我们知道，通常运送这类产品前的处理只是警示——在外包装上标示不许倒置的文字或图形，把不倾斜的要求寄托于有关人员的职业自觉。而这家公司却着力于鉴别“是否过度倾斜”，专门开发并安装了这种沙漏。一旦产品运送时倾斜过度，沙漏里的沙子便会流入玻璃罐子的另一端。巧妙的是，当产品箱子回归正位时，沙子并不能再流回来，一去不复返。这样，在各运送环节交接时就非常容易判定安全责任了，只消看一眼沙漏即可。如果沙子没流走，说明前一环节的运送符合要求，反之则反是。因为这种沙漏中的沙子不可回流，我给它起名为“单向沙漏”。

那么复杂的多环节责任鉴定问题，用一个小装置便轻松解决了。

我以为，这个“单向沙漏”实在是巧妙，开发者和使用者让人肃然起敬。而且，它对社会管理的启示也非常可贵，不以善小而不为，应当重视微观运行机制的建立。

好多时候，社会发展不尽如人意，可能不是宏观目标有问题，而是执行环节出了差错。而其中又不一定是执行力不够，而是执行力的传导出了问题，即是微观运行机制有问题，也就是没理顺事物之间的因果链条。

事物之间，事物的诸因素、诸环节之间，存在着各种各样直接或间接的关系。这些关系中有的存在显在因果关系，有的则是隐性因果关系。当然也有的彼此之间没什么确切关系，还有的貌似相关却是“伪相关关系”。

既然一地鸡毛，必定有鸡掉毛。大千世界，因果链总在，现实中这种事例太多太多。比如：社会切实推行法治，民众就会有法治精神。法律一遇到真事儿老不管用，让老百姓拿什么去自我“精神”呢？再比如，高层居然也埋怨“政令不出中南海”，“政令不及村”，这就反证了政治运行机制有大问题——政令传导阻滞。如果总不动真格的，总用那些不管用的空招假招软招，决不可能令行禁止。还比如，炒豆大家吃，砸锅一个人。帮厨的被撞容易摔盘子，吃白食的就没这危险。这类教训多了，人们自然就倾向于不作为。试想，如果土地免费提供，还会有人盖高楼吗？毕竟盖高楼是会增加成本的，是要拥有相当技术水准的。只有土地价格的提高到了一定程度，超过了盖高楼所需要追加的成本，人们才会去盖高楼。这个例子告诉我们，集约型生产替代粗放型生产需要条件，转型的关键在于，是否到了跨越阶段的临界点。

如果能在众多的相关关系中去伪存真，找出切实的因果关系，然后再根据因果链条设定微观运行机制，那么工作推行就会比较顺利，困难就将大大减少。

中国社会的一个突出问题是，都喜欢去搞“顶层设计”，不大愿意搞“底层设计”，不愿意搞微观运行机制的建设，尤其不愿意沉在下层“亲自”作为。其实，微观运行机制的设计和安排很有学问，值得关注的问题很多。

机制设计需要有假定条件，但事先假定不能太离谱，比如我们总是要求涉事人毫不利己专门利人，这压根儿做不到。什么事一走极端就不大好。“大私无公”当然不好，大公无私则只能是超人，世上没那么多。高过了人性的事儿就悬乎，光“仰望星空”还凑合，办起实事来则多半靠不上，最靠谱的还是“大公有私”。事情都是由人来做的，根据人性的根本特点动之以情诱之以利，才容易实现多赢和顺的格局。

机制设计须以可行性为准。不能把动作规定得太死，比如，倡导科学发展自然是对的，但总得迈步走。完全科学发展一时半会做不到，又不能不发展，不能停下来专门学习如何科学发展，于是只能“干中学”边干边学，只能先部分地“非科学发展”，只是这部分越发展越少才好。恐怕不能规定只许科学发展，一丁点也不许搞权宜之计，那实质就取消了发展。是或不是，做或不做，这种“哈姆雷特问题”生活里总能遇到。戏剧里夸张，两极中二者必选其一，现实往往应该是如何在二者之间确定一个度，确定一个“变动区间”。

强调可行性，也不能太过指望所谓潜力。比如宏观目标是否可行，就应该用运行机制来细心检验。据说当年毛泽东询问钱学森，粮食亩产过万斤有无可能性，钱的回答是：如果光合作用得到充分发挥，就有此可能。2013 年全国“两会”期间说到发展前景，又有知名经济学家指出：如果潜力发挥出来的话，中国仍可高速增长十多年。这两个论断都比较严谨——加了“如果”的限制词，言说者足以自保。至于潜力到底在哪里，能不能得到发挥，如何发挥出来，就不得而知了。没有机制的建设，没有可行性的论证，高瞻远瞩恐怕容易沦为乌托邦。

建立机制主要用来解决资源供求的连接和平衡问题。垄断隔开了供和求，是对正当机制的人为阻隔，故而机制的建立主要在于打破对市场的垄断。现实中可以发现形形色色的垄断，有自然造成的，有人为设置的。开采资源，或加工或输出，利润丰厚，是独占自然之富。山川相隔，交通阻断，修路收钱，是借用劳力之廉。不少垄断是以管理的面貌出现的，比如在首都机场，乘计程车常常得等好长时间。上车后跟的哥闲聊，他们也得等好长时间。供求双方都得等，这就不大对头了。如果的士少，乘客等车；如果乘客少，的士等人。咋就能供需两面都等呢？那一准儿有垄断隐藏着呢——司乘会合的口子开少了。有机场管理，或许乘客和的士都能减少寻找成本，减少了无序，可是有必要付出长时间的等待吗？再比如，对私家车载客是否可以开放？拼车难道不是更节约更环保么？为什么我们这么怕私家车主得利？不是鼓励百姓有财产收入么？好像俄罗斯在莫斯科是允许的。其中有什么道理？此类事争议可能很大，从运行机制的角度加以论证，或许更容易看清利弊。

机制效用有长期短期之分，孰轻孰重值得慎重掂量。电影《集结号》里有这样一个情节：战后补助解放军家属，确认牺牲的每户可得700斤小米，而失踪的每户只给200斤。这500斤小米到底该不该省？区别对待，肯定有烈士被冤枉；吃大锅饭，可能有逃兵占便宜。对这类事情如何处理？宁可让逃兵占便宜，也决不让烈士吃亏，或者相反，不同的选择影响到以后的士气。蛋糕的分法，可能严重影响到下一轮——能做多大的蛋糕？“千金市马”，是战国时谋士郭隗给燕昭王讲的故事，为求千里马而开价千金，还舍得花五百金买马骨打广告，就是着眼于长期利益的典范。

还得注意建立堵漏补缺的机制。可行性方案应该具备鼓励正面建设、防止逆向操作和变相操作的各种办法，不然目标就容易空置。事先约定吹集结号转移，结果到时候不吹，以后谁还会等这个号令？守信无用，无信得利，坚守信用的能有几个？担心被骗的肯定越来越多。前一段时间网民质疑被处分官员的再次任用，官方给出的解释是程序正当。那么再深入一步：处罚程序有没有需要完善之处？比如有没有根据错误程度确定免职时间长度的条款？有没有根据所犯错误性质不得再担任国家干部的条款？如果官官相护，犯错者总有办法从处分中解脱，那谁都不在乎被处分，两三年后又是一条好汉！如果堵住转岗的后路，多数官员就不敢妄为。其实，对经商者也应该建立信用等级的鉴定和累积制度，信用差的会限制其各种商业机会，谁还敢不讲信用？信用好的可以享有各种优惠待遇，谁还不抢着讲信用？

官民之间，上下层级之间客观存在着动态博弈关系。上有政策，下有对策。再好的规划，如果没有应对“变态执行”的考虑，那就是空中楼阁，那只是梦。近些年对农村城镇化建设喊得很响，不同利益相关方各怀心腹事，各打各的算盘，各追各的利益。我认为，对“农民上楼”应当妥善处理。城镇化没有产业支撑恐怕不行，将来可能形成许多贫民窟。失地农人短期内“巨富”，生活转型后容易陷于失重状态，不少人可能沉迷于享乐甚至赌博，一旦卖地所得耗光，生活将无所依靠，回头还得找政府，届时社会将负担巨大。

说了这么多机制问题，其实，再好的机制也是由人设置、由人执行的。不同的人，执行结果肯定会大大不同，所以人的选任和使用机制又特别重要了。当年孙中山搞了“五院”政治制度，考试院居然与立法院、行政院等平起平坐，看来是很有远见的。

专家肯定变“砖家”

“砖家”是网民送给某些专家的雅号，以形容其雷人之蠢之蛮，之不器。

林子大了什么鸟都有，专家群体中确有不招人待见的。有的为博出位专抢眼球，动辄发一通武断高论雷人之语，怎么邪乎怎么用嗓子。有的揣着明白说糊涂，不知背后有什么隐情，居然能说出一些特别不靠谱不着调的话。有的则东躲西闪弯弯绕，似乎身为外交部的发言人，什么时候把你绕蒙才算完事。还有的愿意卖弄专业术语，存心把百姓堵在门外，浅入却深出，似乎把人唬住就算保住了专家的地位。对这类专家冠以“砖家”之名到也恰如其分。

不过，洪洞县里还有好人，不少场合并不是专家的错，倒是民众的口味不同和变化，把专家看成了“砖家”。

社会经济运行本身是复杂的，本身就是矛盾着的，好多时候对一个问题难有一定之论。但老百姓不管这套，要求政府和专家的意见必须是准确的正确的，且是单一的，最好是唯一的。但民众单个人的要求和成见又不同，正如肉有不同的做法，个人的口味喜好却大不同。

专家意见一不对味儿，就会有人不高兴，顺嘴就要骂娘。不管什么事儿，总归是娘不好，不少人常怀着一副“理应该”和“当然得”的心态，其实是一种把自己当小孩子的心态。可能这也是官本位社会培养出来的思维习惯，谁让领导总爱当父母官呢。

现在政府决策都有专家做智囊，这是好事情，是施政进步、科学发展的表现。问题在于：专家也是一个大集团，专家意见也是多元的、复杂交错的。比如经济学家也习惯说“一方面如何，另一方面如何”，或者事物本身如此，必须辩证分析；或者为了保护自己而两头堵，反正“两手经济学家”居多。于是，有时九个经济学家会有十多种意见出来，看上去就很乱套。

政府和老百姓面对的就是这么个咨询集团，对意见和建议的需求者来说，这种多元供给让人们莫衷一是，仍然需要自身具备较强的分析和辨别能力。决策还是这么熬心血，有没有专家分析似乎差不多。其实，市场经济就是个机会多也累人的经济，可民众只喜欢机会却不想受决策的累，就容易把挨累的怨气出在专家身上。

对单个咨询者来说，只认可众多意见中的一种，实践中能采用的也往往只是一种建议，故而专家意见看上去是错误者居多。剩下的那么多意见就被放弃了，似乎都是不靠谱的。事理不同于物理，社会生活没有彩排，全都是正式演出，而且好多不可重复。在这种决策背景下，好多建议压根儿得不到证明自己的机会，最后合成的总体印象就是：专家错误百出。

骂归骂，民众还是离不开专家，因为他们离不开经济利益。他们也想在经济形势等判断上亲力亲为，但专业分工是社会既定的大格局，这决定了人们不可能事事亲为。加上政府官员也需要专家来作为预防民怨的挡箭牌。于是，都得来听听专家的意见，可结果又常常恨铁不成钢，有了恨哪能不骂娘？这便是专家成“砖家”的轮回。

客观上就这么个职业，想当专家想出动静，就得有被拍砖的心理准备。被拍砖还被贬为“砖家”，冤也得认。为师有风险，涉世须谨慎，勿谓言之不预。

如果理解了这一点，不知我们对专家的怨气能不能消减些许？毕竟做什么都不容易，“洒向人间都是怨”，于事无补。即使怨两句，也别总那么心安理得。换我们“亲自”上阵，未必就强出多少。

后　记

《品茶问学》总算是要出笼了，这是我的第四本随笔集。

《偏，得以见》2010 年由广西师范大学出版社出版，《拾级而上》则在 2011 年拜托中国人民大学出版社，第三本回到了我人生第一本书的出版地——中国统计出版社，因为统计出版社里的朋友们对我说，他们不仅仅出统计专业的书，也看好我的随笔，于是坚决回归，《中国非二》2012 年问世。

我的文字都是随笔写来，渐渐形成了一年一本的节奏，这一本在 2013 年 8 月份便整理完毕，成了送审稿。可阴差阳错，起个大早却赶了个晚集，拖来拖去竟到了马年。新年讨喜，都喜欢“马上成功”，但现实很骨感，2014 年也过去了三分之一，书才得以露面，这便是篇首“总算”两个字的由来。

一位出版人对我的书有个定位：“社科－散杂文”。所谓社科，意指内容上无所不包，说好听的，我这是信马由缰，换个词儿就是四处涂鸦。所谓散杂文，似乎褒贬都可由此生发，若我的文字在文体上还有位可归，那真是莫大荣幸了，坦白说散文杂文等种种文法我全不曾学过，对文学我的确很不专业，便也从未敢叫自己的文字往文学上靠。

因此我就斗胆地归队为随笔了。随笔而记。而且在上述那位出版人看来，我的随笔尚有可取之处：“全书主要以‘以小见大’的写法，从日常生活或工作中的某个点切入，独辟蹊径，不落窠臼，有诸多非常独到的见解”；“对于普遍的人们看似‘常识’的东西，常有辩驳”；“全书源于生活，见解独到，生动有趣，而且有很深的教育和启示作用”。

同样是出版，对市场要件来说，这显然不够，内容集中于某个大众比较关注的领域，销量才可能达到出版的临界点。有人愿意买，有人愿意出，多赢才好，就是那句人尽皆知的广告语：大家好，才是真的好！

应该直面出版市场，以达成交流；但也要坚持不失自我，有所引领，这又扯上了哲学中的“质量之度”，挺难把握的。我也考虑过按专题组合成集的路子，比如统计随笔集、教育随笔集、世相随笔集、深度游记甚至哲学思考的随笔集等。但我觉得那都属于市场策划营销上的事，我还是走自己的路吧。思考再三，当下我仍旧坚持前三本的路子——按成稿时间结集。都取四个字的书名，有时难免牵强，所秉承的就是遵守一种约定。有一点可以自慰的是，我写随笔不大跟风，基本都不是时文，时效性没那么强，出版拖期不拖期，对这书形不成多大影响。

书名“品茶问学”取自其中一随笔的篇名，并不是讲品茶的学问，“品茶”意味着以一种轻松的方式去问学，或者也可以说是表达了一种姿态。而且本书问的也并不是什么专业学问，世事洞明皆学问，这里的“学”字当做广义理解。内容上虽有些松散，也可大致归类，不外分为几块：小大由之、道听途说、哲门外思、茶中问学和官民两议，各个名字基本可以看出议题的指向。

与前三本相同，这部随笔也得到了良师益友的指导。

中央财经大学王强教授不仅提出了宝贵的修改意见，还慷慨拨冗为我作序。能够拜识王强先生，是我在中央财经大学工作的一大收获。他的序远远超越了我的小书，点拨出了我尚没那么自觉的文理、事理乃至学人为学的深刻道理。短短序言，引文达 12 处之多，信手拈来，珠联璧合，足见王强先生学贯中西，深明大义，实在难得。读了这篇序，豁然开朗，今后作文有了个更为明确的标杆和方向。

过去《中国非二》出版时，东北财经大学卢昌崇教授事先讨了我的授权，借题发挥欣然而作万言长序，此次也对书稿做了系统的点评。其实我好多的稿子都是随写随发给卢兄，有了他的意见再作定稿。卢兄似乎养成了为我改稿子的习惯，若一段时间没有稿子呈上，他还手痒，竟曾来电主动索要，反倒是我欠下了文债。

还有加拿大西安大略大学徐滇庆教授、中央财经大学乔宝云教授也在百忙之中审阅了书稿，提出了他们的看法。人生苦短苦变，能有思想交流的导师和伙伴，该是人生多么荣幸！

自然，这部文稿也得到了岳父赵经寰的悉心审阅和指教，有时，随笔的点子还是从与他散漫的交谈中获得的呢。还该告白的是，我随笔的第一读者其实是我的妻子赵冬妮，她也是“文化大革命”后恢复高考的第一届大学生，专业虽是中文，读书却很庞杂，历史、哲学、艺术等等广有涉猎。她热爱读书写作，热爱生活。在作家出版社、广西师大出版社出过诗集散文集随笔集。我在专业之外醉心于随笔，多少受到些她的影响，从观点的碰撞到文字的把握，与她的交流是必不可少的。如果说我的随笔有时呈现出一些文采，那多半有她的影响在里面，当然她从不跟我要求文采，她只是要我思想独立鲜活且自然地写来。我有时不禁冥想，命运把她派来恐怕专有安排，主要就是来帮助我读书和写作的吧？家人不必言谢，那就感恩于命运吧！

最后，要感谢中国财政经济出版社贾杰社长、李乃君副总编辑和责任编辑王芝文副编审，在他们的热心支持下，我的第四本随笔集以我满意的方式问世。

邱东

2014 年 4 月 20 日记于读壁斋